A definição do amor

Jorge Reis-Sá
A definição do amor

TORDSILHAS

Copyright © 2015 Jorge Reis-Sá
Copyright da edição brasileira © 2015 Tordesilhas

Todos os direitos reservados. Nenhuma parte desta edição pode ser utilizada ou reproduzida – em qualquer meio ou forma, seja mecânico ou eletrônico –, nem apropriada ou estocada em sistema de banco de dados, sem a expressa autorização da editora.

A editora manteve a grafia corrente em Portugal, respeitado o acordo ortográfico de 1990, vigente no Brasil desde 1º de janeiro de 2009.

REVISÃO   Beatriz C. e Rosi Ribeiro Melo
PROJETO GRÁFICO   Kiko Farkas e Thiago Lacaz/Máquina Estúdio
CAPA   Thiago Lacaz
IMAGEM DE CAPA   Bonita Cooke/Getty Images
IMAGEM DA PÁG. 244   Reprodução de *El perro* ou *Perro semihundido*, de Fracisco Goya

1ª edição, 2016

Dados Internacionais de Catalogação na Publicação (CIP)
(Câmara Brasileira do Livro, SP, Brasil)

Reis-Sá, Jorge
    A definição do amor / Jorge Reis-Sá. – São Paulo : Tordesilhas, 2016.

    ISBN 978-85-8419-038-6

    1. Ficção portuguesa I. Título.

16-03121   CDD-869.3

Índice para catálogo sistemático:
1. Ficção : Literatura portuguesa 869.3

2016
Tordesilhas é um selo da Alaúde Editorial Ltda.
Avenida Paulista, 1337, conjunto 11
01311-200 – São Paulo – SP
www.tordesilhaslivros.com.br

 /Tordesilhas

Para a Ana Para o Guilherme Para Sempre

The lesson today is how to die.

Sumário

maio   11
véspera   43
junho   51
véspera   89
julho   97
véspera   133
agosto   141
véspera   175
setembro   183
véspera   219
outubro   225
hoje   247
a definição do amor   251

Maio

Quarta, 5

Envelheci hoje a minha vida inteira.

Domingo, 9

Encontrei o senhor Fidélio quando saía da garagem, fim da tarde – como está a sua mulher, perguntou. Ele tinha descido ao quintal das traseiras para dar de comer aos pombos que ocupam há cinquenta anos o mesmo espaço. O que começou por um encontro entre ele e o senhor Artur, pombos e pombos no quintal deste, e passou por provas profissionais e prémios e medalhas, é agora um velho a cuidar dos bichos tão parados. Quando os avós da Susana se separaram e o senhor Artur acabou por partir para parte incerta, a dona Carlota condescendeu a que mantivesse o espaço – mesmo que os pombos tenham perdido a alma nesses dias. Contra todas as expectativas, o agora velho Fidélio manteve a rotina do amor oferecido a cada bicho, criou uns, morreram outros, comprou tantos. E, num acaso da noite, vindo eu do hospital, do barulho dos rádios nas enfermarias junto ao quarto – os homens a acompanharem as esposas na visita semanal aos doentes mas mais interessados no futebol – da Susana continuamente parada, o cilindro azul e o barulho repetido da sua respiração, vindo eu da vida que me escolheram sem uma palavra

– Francisco, importa-se de ficar viúvo? Dava jeito.

sem uma possibilidade de aceitação, sequer, vindo eu, o velho Fidélio perguntou está melhor.

Ainda nestes dias não tinha chorado, já se contam quatro. A minha mulher vai morrer, assim se desligue a máquina que a respira. O meu filho vai ficar órfão, o meu outro filho sequer vai nascer, o mais certo. E eu sóbrio e inflexível, a não querer entender. Mas a pergunta do velho Fidélio foi a mais forte dor no coração – a Susana dizia sempre boa noite, senhor Fidélio, e as pombas, bem?, sacudindo o resto das migalhas para os pardais no andar de cima. Abracei-o. Fraquejaram-me as pernas. Chorei por quatro dias, Susana – quem vai agora perguntar pelas pombas ao velho Fidélio?

Segunda, 10

Tu sabes, Susana, sempre mantive um diário. Pensar as coisas racionalizando-as, acrescentar notas às que ficaram por acontecer durante o dia. Mas nunca gostei de aforismos, de sínteses esconsas e teses demasiado generalistas. Noto que desde quarta há uma frase, o silêncio e as pombas do velho Fidélio, estas ontem. E percebo que deve ser para ti que agora escrevo, mais do que para pensar nas letras o que pensava todos os dias.

Não te endereçarei, prometo. É altura de soprar este curto nevoeiro, não quero crer que a morte venha e se abata como breu. É altura de soprar este curto nevoeiro, deixar que a praia respire por entre as algas. Deixei o menino com os meus pais, vim à Barrinha, onde acrescento a tua ausência à areia já de si inóspita. Está frio. E tu velas o quarto onde te mantêm, sabendo eu que estarás a velar o sono do menino quando chegar a casa. Não te endereçarei. Porque só assim o diário poderá continuar – lembrando os dias sem existir um tu por quem chorar.

Terça, 11

Caiu hoje o muro junto ao cruzeiro. No cimo da bouça, em frente a casa, onde em criança brincava com o Fernando construindo as espadas com os ramos das mimosas, resolveram encher a escarpa de terra e fazer uma coisa com piscina e mais quartos que os necessários. Muita relva em volta, água que chegue para ao longo dos anos a regar, acrescentada à que do céu vem sem que se pedisse – e é como sempre demasiada neste Norte chuvoso. Vizinho à casa dos Belo, em frente à capela, o muro era alto e aguentava como podia as raízes das mimosas, dos dois castanheiros que resistiram e da riqueza que inventaram. Todos sabemos como a pedra aguenta bem a terra que a natureza oferece – mas já não há muro que consiga resistir à ambição do homem. Ele caiu ontem de encontro ao largo do cruzeiro, enquanto na capela se esperava o tempo marcado para o funeral do Mamede de Sobre Seara. Contou-me a dona Carlota que o estrondo foi grande, eu estava com a Susana no hospital como quero estar sempre, contou-me que a minha mãe teve de tomar mais dois calmantes do que o habitual. Talvez a terra quisesse adiantar trabalho ao coveiro e cobrir o Mamede. Dizem que o Toyota, que na capela acompanhava o amigo, se terá chegado ao caixão para ver se o estrondo o acordara

– Não. Continua morto.

terá dito. Mas todos sabemos que o Toyota, desde que foi atropelado pela Ford Transit ao pé da Senra, não acende todas as luzes no raciocínio. Dizem no hospital que a Susana não vai acordar. Não acredito. Quem diz isso andou a falar demasiado tempo com o Toyota

– Não. Continua morto.

e perdeu a esperança como ele o tino ao passar a estrada.

Continuas viva.

Conto-te tudo quando chegares a casa.

Quarta, 12

Já mo tinham dito há dias, confesso. Assim que foi internada, o doutor Rui de Vasconcelos chamou-me à parte como fazem aos familiares
— Sofreu um acidente vascular cerebral grave, de origem trombótica, e o prognóstico é muito reservado.
a que se seguiu
— E
como se eu quisesse ouvir mais. Não queria. Neste caso o
— E
não augura nada de bom, não acrescenta mais do que a morte ou o seu anúncio e eu
— Como assim, senhor doutor?
— Muito reservado.
que era muito já eu sabia. O que perguntava era que reserva é essa que ouvia nas notícias pelos acidentes de viação, que parece esconder tudo, lembrar o defesa-direito de que falava o meu pai
— Chega ao bico da área e cruza. Sempre.
porque para ele a linha de fundo era longe demais
— Prognósticos só no fim do jogo.
porque, se é reservado, não é isso que dizem todos os doutores de Vasconcelos? Lamento, doutor, lamento mas se é para reservar

alguma coisa que não seja o propósito, afinal para que está aí, vestido de branco, bata imaculada com botões à frente, aquele polígono a descair sobre o peito, nada de estetoscópio que isso é nos filmes, mas canetas à farmacêutico que cheguem e sobrem para uma vida, no bolso do lado esquerdo, que se ouve mais o coração escrevendo do que com os ouvidos.

   Mas ele não se ficou
– E
– Como assim reservado, senhor doutor?
– Muito, senhor Francisco Janela.

procurando o meu nome na ficha que trazia na mão, que nomes na lapela são para quem veste batas brancas e eu não passo de um viúvo de uma esposa viva
– Muito, já lho tinha dito.

seco, como se soubesse o que dizer
– Mas

disse ele, e continuou, já eu intrigado porque
– Mas

não se lê
– E

e assim talvez o péssimo se torne mau, apenas
– Mas, disse?
– Mas, senhor Francisco Janela

voltando a olhar a ficha para confirmar o apelido – sim, sou eu
– mas a sua esposa está grávida de aproximadamente doze semanas.

Quinta, 13

Nego que esta cama esteja vazia. Que apenas eu conte, que ela aqui não esteja para ler uma revista, manter ligada a luz do candeeiro depois de adormecer e, com esse irrefletido e usual gesto, impedir o meu sono.

Esta cama está cheia de nós. Carrega a memória dos dias e das noites em que aqui fizemos amor. A memória do André, aqui concebido. Ou do menino, ou da menina que, não o lembrando, também aqui foi gerado ou gerada. Já mo disseram há uma semana. E todavia não sei ainda como sequer definir-lhe um género.

Nego o lado vazio da cama. Olho-o e não o vejo. Pego em almofadas do armário e, colocando-as por debaixo dos lençóis, tapando-lhes a cabeça como tantas vezes ela se fez depois de pousar a leitura, mantenho a luz acesa para a saber ao meu lado, impedindo-me de dormir.

Sábado, 15

Tinha nela as dúvidas mais pertinentes, mesmo que estas pudessem parecer tão desimportantes. Andava pela casa com um calção curto e uma camisola de alças – lembro muito a verde, que lhe tornava o corpo justo e ondulado – ou com um robe azul muito claro, se fosse inverno. Seriam sempre horas de fim da tarde, fosse esta às cinco dos dias mais escuros ou às dez no pico do calor. Andava e não havia ainda filhos, só a sua promessa. Éramos por isso mais do que uma família – um casal de namorados, casados há pouco tempo, todas as possibilidades entre nós. E perguntava-me leve
— Achas que tome um duche ou um banho de imersão?
interessaria lá se era verão ou se chovia e fazia frio.
Depois, no corredor grande que levava da sala até à intimidade dos quartos, decidia
— Vou ligar a água, não me apoquentes!
e entrava na casa de banho para se encher dos cremes que escolhia a dedo nas páginas das revistas.
Agora há o André. Vai haver, dizem, vai haver, assim o seu corpo e carne o permitam, outro André, decerto uma Matilde. E a ausência que se adivinhava sempre limitada é agora definitiva e trespassa.
O miúdo na minha mãe, no andar de baixo. A Susana em nossa casa, quero pensar. A Susana não está no hospital sem um creme

ou um perfume – sem a escolha do banho de imersão ou do duche, antes imersa numa cama onde uma enfermeira diligente a lava dos pecados que nunca teve.

Segunda, 17

E a vida que continua. Sair para quê? Ficar em casa a fazer o quê? Passar as horas todas do dia no hospital para quê? Para aceitar o que não permito que exista? Não, ela está na Caixa, a trabalhar. E eu, quando a visito a horas e a desoras no hospital, é apenas para lhe dizer do dia que foi e vai ser, estranhamente não ouvindo resposta porque lhe colocaram um tubo na boca – só por isso.

Hoje, e a vida que continua. As aulas e os miúdos e a filosofia. Passar a minha existência e sua circunstância à luz de um problema como este? Não – porque, que problema? Levantar-se-á em breve e depois voltará a existir – a circunstância deste percalço será memória, e os miúdos, esses, serão sempre miúdos, mesmo que cresçam e se tornem agentes de seguros, matemáticos ou professores de outros como eles.

Mas há que dizer sem medo – a escola mudou. O liceu morreu às mãos de um desenvolvimento qualquer. Eu estudei aqui – hoje é aqui que escrevo, são seis da tarde, a sala dos professores ou deserta ou cheia de gente que assim a torna – e aqui é outra coisa. Tiraram as pedras que sustentaram anos de crescimentos, mesmo que entre a escola técnica proletária e o liceu tão burguês houvesse a discriminação da Outra Senhora. Mas a igualdade não deve querer apagar as boas diferenças. As escolas são perto uma da outra, uma técnica em passado e um liceu na mesma época. Acabado o ensino diferenciado porque quiseram acabar com os edifícios, fazendo os que dizem modernos. Esquecer a segregação terminando o que a permitia. As paredes não têm culpa – ninguém pensa em modernizar o castelo onde se fundou o país só porque é local de matricídio antes de o ser de criação. O liceu é agora escola C+S ou parte de um agrupamento sem nome ou nome de escritor da terra. E com a mudança de nome – que não aceito eu como não aceita a dona Carlota

– São cinco mil réis, veja bem, dona Alexandrina.

o escudo e os contos que passaram e a moeda da união, essa então, que para ela nunca existirá – uma mudança de nome não acaba com a verdade.

Podem mudar paredes, modernizar tudo o que quiserem. Mas bastarei eu para conservar o passado porque o futuro, dizem, pode trazer a morte. E eu não aceito que morra quem não deve.

Terça, 18

Não, doutor Rui. Não, doutor de Vasconcelos. Não, doutor Rui de Vasconcelos, centro do céu e da terra porque deste hospital onde a depositaram. Não, senhor doutor, eu não quero saber se é menino ou menina. E sabe porquê, senhor doutor? Porque soubemos os dois o André ao mesmo tempo, como casal que somos e que éramos. E se mo disser agora, não o vai permitir. Eu sei, Caronte, que já mo repetiu vezes sem conta
 – Prognóstico muito reservado.
 quase uma litania, mas sem o lamento com que a defino
 – Prognóstico muito reservado.
 o senhor doutor não se permite comoções
 – Prognóstico muito reservado.
 mas cale-se lá com isso, que o que tem a acrescentar é a certeza de que ela nunca ouvirá comigo
 – É um menino!
 que nunca ouvirá comigo
 – O prognóstico dizia-se muito reservado mas eis que
 que nunca ouvirá comigo
 – É uma menina!
 que por querer ser tão competente e doutoral a mata desde já, matando-lhe essa novidade partilhada.
 Não, doutor Rui de Vasconcelos – cale-se.

Quarta, 19

Passaram quinze dias. E catorze semanas de gestação, duas de ausência. Ainda não consigo olhar pelo menino, sinto-me fraco, adormecido. Nego, veementemente, que tudo isto esteja a acontecer. A minha mãe, no andar de baixo, cumpre a tarefa. A dona Carlota, quase comadre e vizinha, não só entende a minha vontade em confiá-lo à avó em vez da bisavó, como o prefere também. E não só pela idade, quase oitenta anos. Foi sempre mulher de armas, certo, mas nem por isso maternal.

A dona Isabel, mãe da Susana, a viver no Sul com o terceiro marido, foi disso verdade e criação – se casada três vezes, namorados mais do que muitos –, perguntava-me às vezes como tinha ela uma filha tão justa, atenta, santa. Ainda não veio ao Norte. Telefonou-me umas duas ou três vezes, mostrando-se hipocritamente preocupada – não mais do que isso à dona Carlota, sua mãe.

A Susana há muito que deixou as saias da mãe, não por sua própria vontade, mas porque sempre foram muito curtas.

Quinta, 20

Sempre pensei – de nada vale pensar o irremediável. Negue-se o acontecimento e permitamo-nos viver como se o remédio nem sequer fosse necessidade. Estou em casa. São quase oito da noite. Ela entrará pela porta como todos os dias. O menino nos avós, no andar de baixo. Depois de ter feito as compras na mercearia da esquina, de se ter demorado um pouco nos sogros enquanto eu corrijo uns testes dos miúdos, chegará com o André pelo braço. Tem meses, dizem que uma mãe pega no filho virado para o peito, que um pai o faz enfrentar o mundo desde cedo virando-lhe os olhos para a frente. A Susana carrega-o como um pai – não é ela todo o encanto de uma menina sensível e toda a força de uma mulher de armas?

Chegará, dizia. Abrirá a porta que se encosta no trinco. Dirá
– Pai!
chamando-me pela minha nova condição, repetindo-a
– Pai, cheguei!
para que ganhe a cada repetição mais e mais sentido. Levantar-me-ei da cadeira. E percorrerei o corredor percebendo que a casa é a única coisa que nos pode, um dia, salvar. Lembrar que tudo isto é só um sonho impossível é perder a condição de pai.

Perco, sozinho, as poucas forças que tenho para sequer olhar o menino. Deitar-me-ei e a possibilidade há de existir.

Sexta, 21

Não dormia. Tecia à luz do sol o sudário e desfazia-o durante a noite. Insone, aguardando. Não lhe custava a espera, antes na escuridão ser impossível perceber ao longe a sua chegada.

Durmo acordado com a luz do corredor acesa, tal criança com medo dos demónios da noite. Quero ouvi-la rodar a chave na porta e, de imediato, ver os cabelos pousados nos ombros e no sorriso – como sempre. Espero a sua chegada na felicidade de aguardar a chegada do amor.

Sábado, 22

Às vezes viajava. Desde que casei, não teriam ainda sido poucas as vezes contadas. Responsabilidades na escola a isso me obrigavam. Uma ida mais longe, sempre uma despedida célere – como se fôssemos imortais.

Tomou sempre a seu cuidado a mala. Sabia o que eu precisava, se para um dia se para dois, as meias, o par de calças lavado, a camisola interior, a escova, nada foi alguma vez esquecido. E no hotel sempre um pequeno cartão, prolongando a despedida ou antecipando o reencontro.

Um dia, escolhia ela qual a melhor camisa

– Achas que vai estar frio? Queres levar o cachecol? Não te esqueças do carregador.

e no meio destas perguntas

– Francisco, porque gostamos nós tanto do passado?

há perguntas que já trazem uma resposta – a única. Não pensei nem um segundo, talvez tenha até sido ela, sempre tão certa, a responder na minha voz

– Porque era onde havia esperança.

disse eu. Levantou as mãos do armário onde ajeitava uma qualquer camisola, estacou. Fitou de olhos muito fundos as minhas palavras e uma lágrima desceu celebrando os passados que em cada mala desfeita acrescentámos.

Segunda, 24

Voltara o doutor de Vasconcelos
 – Já sabemos.
 que não só nas horas habituais monitorizam a gravidez. Não sou um pai comum nem ela uma mãe normal. Não iremos, como o fizemos com o André
 – Olha um braço!
 quando o achávamos ervilha ainda, três semanas se tanto de tempo, pensávamos. Afinal esteve grávida três meses, sem o sabermos. O primeiro trimestre já foi
 – Mas nem me senti enjoada.
 dizias
 – Mas nem me senti diferente.
 continuavas
 – E eu a pensar que andavas cansada, tu dormias tanto e já era ele!
 respondia eu.
 Ele.
 Um pai oferece o género irrefletidamente, e não só por causa de um cromossoma. Também quando o nomeia
 – Mas quem lhe disse que é um ele?
 pergunta a médica
 – Mas acertou – já se vê a pilinha! Olhe aqui.

e eu a crescer pela paternidade, levantando-me do banco onde ao seu lado assistia à ecografia, como se fosse um gigante.

Era ele. É ele, um André que se debate com a tua falta ao colo dos avós e da bisavó. Eu não tenho coragem para o abraçar, sabê-lo longe é imaginá-lo contigo e poder negar que estão separados.

Disse-me o de Vasconcelos

– Já sabemos.

e não brincou com a pilinha.

Nem a sua cara inexpressiva, não lhe interessando nem um pouco que eu não quisesse saber

– É

– Cale-se!

consegue que eu afunde a cara numa triste felicidade.

Terça, 25

Já com o André assim fora. Treze semanas e só nessa altura a revelação. Não quero crer que neste caso tenha sido diferente. Como não quero crer o que lhe acontece neste momento – perguntar-lhe-ei mais tarde porque só o soube eu por quem não queria, vestido tão de branco que a cor da grávida felicidade desapareceu.

Tentaríamos? Talvez. Faláramos nisso? Certamente. Mas não para já, dissera-mo. Estás a tomar precauções, perguntei
– Sim, claro. Achas que sou irresponsável?
ou terá sido
– O que for será, não te preocupes.
mas a verdade é que estivemos com os corpos tão afastados nestes últimos meses. O cansaço. O menino. Tudo num só porque a felicidade de nos sabermos continuados também nos esgota. Terão sido poucas as vezes mas terá havido uma suficiente para agora a ervilha já não ser ervilha, ser pequena rã, batráquio, girino, o nome que conseguir mais belo para a recapitulação que nos ensinou a biologia, o nome
– Matilde.
se for menina, o nome
– André.

se for menino, ainda antes de tudo e de todos. Ainda antes do tudo chamado André, que deixo na minha mãe, e de tudo o que não crer como possível estar a acontecer. Ela e o

– Matilde.

e eu agora sem saber se assim a chame para sempre porque não está cá para confirmar o que na nossa Barrinha, há tantos anos e com o mar todo à superfície, disseste.

Quarta, 26

Nada há além de mim, da Susana, do hospital, de uma ideia de família que se esvazia num dia a seguir ao outro. Não leio os jornais, não vejo as notícias nas televisões, não me interessa quem morreu, quem casou, que atentados atentaram contra a vida de gente que se diz importante. Este estado de negação quase letárgica dá-nos pelo menos uma coisa nova – o desprendimento. A vida dos outros parece deixar de ter a importância que lhe parecíamos dar. Eu, que comprava diariamente o jornal, que lia os cronistas, que entrava nas páginas da internet numa tentativa de estar moderno, vivo, aberto.

A suspensão da morte daquela que amamos suspende a vida daquele que ama – eu. A Susana continua a sua dádiva à menina, que, no seu ventre, respira os últimos cheiros da mãe antes de nascer e a ver morrer. E eu continuo desde há dias esta ausência de sentido que não seja o do hospital da Vila ou da enfermaria onde incuba quem vai nascer.

Nada existe. Nada há a perder.

Quinta, 27

Que dizer desta casa? Deste prédio?

Um rés do chão com um pequeno jardim em frente à porta verde e às duas janelas, pátio onde brinquei, o muro, as grades baixas e o portão, mas mais ainda o contador de água onde, logo à entrada da casa, se escondiam as vespas. E neste rés do chão duas casas geminadas, com uma rede baixa a separar pátios e os muros interiores – a dona Carlota, a ausência da filha e o anjo da neta de um lado; os meus pais do outro. Nada de extraordinário, concedo. Mas eis que depois desse portão, desse muro, desse pátio, outro portão bem mais largo se apresenta – um de cada lado, fazendo descer um carro para uma garagem ao ar livre que nunca foi garagem e sempre foi quintal das traseiras.

Pertença dos meus pais e da dona Carlota, pensar-se-ia. Mal, porque esse portão largo é também o caminho para umas escadas que se fazem sobranceiras à janela do rés do chão e levam quem quiser à porta, também verde, também alinhada com a do rés do chão. Há duas casas geminadas num primeiro andar. Não há rede que separe o meu quintal do do velho Fidélio porque não há quintal que se segure no ar. Há só os muros que também geminam os nossos primeiros andares.

A Susana brincava no pátio? Pouco. Nas traseiras deste universo só há quatro escadas que levam quem quiser ao enorme quintal. O da dona Carlota e dos meus pais maior do que o dos vizinhos, afinal vivem num rés do chão que tem um quintal e a loja, cave rebatizada. Mas o velho Fidélio a poder cumprir as horas num assomo de garagem improvisada onde guardou, ao longo dos anos, a tralha que a vida lhe impôs – as pombas, essas, entregues desde sempre no afeto da dona Carlota. E mais ainda quem cá morou até há uns anos e depois desapareceu, esta casa arrendada pelos meus pais, que escolheram o sossego do pátio à altura. Aquele que nunca visitava o seu pedaço de terra porque passava os dias a olhar para os ciprestes do cemitério – o mesmo para onde agora olho, na esperança e na certeza de nunca a saber ali.

Sábado, 29

Disse-me o Fernando que estava ao balcão, pensando o trabalho, executando qualquer pedido seu. E que, de um momento para o outro, um esgar. Uma cliente notou que algo não estaria bem, o Martins não conseguiu conter o pânico quando a viu cair em convulsões.

Eu não quis saber o que mais se tinha passado. Disse-o ao Fernando
– Cala-te.
a Caixa é no centro da Vila – já me basta imaginar a gente a juntar-se em volta da ambulância para ver o acidente como se de um acidente se tratasse e todos abrandassem a sua vida.

Recebi o telefonema estava na aula do 11º G. Falava de epistemologia – o que é a ciência ao lado da vida, pergunto. A sua análise, a sua filosofia não serve para esquecer que ela entrou na ambulância já inconsciente. Disse ao Fernando
– Cala-te.
mas ele disse
– Entrou na ambulância já inconsciente.
e eu ouvi. Deixei os alunos na sala, entregues à dona Clementina. E fui em alta velocidade até ao hospital – como nos filmes, como se fosse um herói prestes a salvar a donzela em perigo.

Acreditar no nada é acreditar em alguma coisa, repito vezes sem conta. Eu não salvei ninguém, nem ontem nem nunca. Disposta sobre a cama da enfermaria de cuidados intensivos, a minha Susana aguardava nos dias seguintes que a vida voltasse a acontecer – a dela e a minha.

Domingo, 30

Levo ao Tucho os restos do almoço. Enrola-se com a cauda, mas a sua expressão interroga as minhas mãos. Que fazem elas, quando aos domingos sempre foi a Susana quem trouxe os ossos, a carne que ainda sobrava entre algum do arroz, um bocado de pão?

Almoçámos em casa dos meus pais. Hoje como nos outros dias. E o Tucho sente na minha dádiva triste que algo falta para que a primavera se afirme nas traseiras da casa. E os seus olhos esperam, debatendo-se com um osso mais duro de roer.

Segunda, 31

Dizias
 – Arrumas.
 ao meu imperativo desobrigado
 – Depois arruma-se.
 impunhas-te como uma patroa. E eu ria-me tanto da tua assertividade. A boca fechada para não entenderes a minha felicidade, ver-te patroa com esse corpo de anjo, esse sorriso de anjo, essa força que só um anjo não tem. E que tu tinhas – muito. E que tu tens. Ainda hoje, quando aqui estás porque não quero que aceites que não estejas.

Véspera

Os ciprestes balouçam pesados pela tarde que cai. O sol atrás das mimosas, na bouça em frente à casa e eu, sentada na cama, caderno nos joelhos apontando as frases, observo os ciprestes e a tarde que desaparece. É certo, meu querido, que são os ciprestes do cemitério, uivando à lua a solidão de mais uma noite que se avizinha. Mas essas são palavras distantes, agora quero sentir o céu crepuscular de tão limpo, escrever-te estas palavras de amor.

Olha as mimosas, meu menino, olha-as por meu intermédio e sabe-te vivo e vigoroso. Amanhã, sabes – e quero falar-te assim, como a uma criança, explicando cada doce pelos seus açúcares, cada brilho pela decomposição da luz – amanhã serei crescida definitivamente. Olha as mimosas balouçando opostas aos ciprestes e uivando ao sol para que volte outra vez. Vou casar. Eu, a tua mãe que ainda espera, entre os bancos da igreja, o padre Tomás a dizer, Corpo de Cristo, eu com as mãos muito juntas, muito esticadas, aguardando a hóstia pela primeira vez, eu criança recebendo a primeira comunhão nessa mesma igreja, pequena de cabelinho muito negro, curto, mulher vinda do cabeleireiro, a Rosete, Vou pô-la linda, menina, para a semana, venha cá às dez para termos tempo; o casamento é à uma, não é?, a Rosete a falar a falar a falar e é já amanhã, meu amor, é já amanhã, noiva, branca, imaculada.

É setembro e vem aí o outono. Entre o ar quente e abafado dos meses de verão, a queda das folhas e os primeiros chuviscos dessa época, há esta parcela de verdade onde o ar é primaveril em decrescendo. Como se se sentisse um retorno da natureza ao seu âmago, ao resguardo do coração mais íntimo, como se o sol gritasse quentura quando se afasta no seu período orbital longo. Porque é assim que te quero ver, tu no centro do mundo e uma estrela na elipse que me ensinaram na escola envolvendo a tua pele e a tua alma. Menino dormindo, em sono profundo – vê: é amanhã. Depois dos anos de namoro e dos segredos juvenis, depois da porta da rua fechada impondo a vontade da minha mãe, o seu desejo em preservar mais um dia que fosse a integridade feminina da filha, depois do portão encerrado e do jardim luminoso, entre os beijos castos e a troca de olhares, olha, menino, olha, é amanhã. Os braços do Paulo estavam pousados na coluna que ladeia o portão, na coluna onde eu, em criança, me sentava a ver as pessoas passarem para a missa, contava as mulheres pela quantidade de alfinetes que traziam escondidos nas saias pretas ou ao peito, segurando o xaile, as saias sob o joelho, carpideiras de mortos antigos, eu pequena, sempre pequena e as mimosas em frente à casa, esvoaçando com o ar quente de outro fim de tarde, do ar quente de uma tarde que parece para sempre, a minha mãe, Não te quero na rua, a minha mãe, Não sais do jardim, deixa-te aí sentada, e o Paulo com as mãos sobre a mesma coluna, em frente às mesmas mimosas na bouça, e outro dia limpo e íntegro como este. E nós passeávamos quereres nos nossos gestos juvenis, no nosso tato de gente que se queria grande. Menino, ele dizia, Gosto de ti, como se fosse possível dizê-lo sem me envergonhar, estas palavras não são poesia nem ficção, são a verdade e a verdade não se diz assim, Gosto de ti, com as mãos sobre as colunas.

Vou entrar na igreja de branco. Serei por um dia imaculada e limpa de pecado. Por isso também estas palavras que te escrevo neste crepúsculo. Estou sentada no quarto onde vivi desde que me conheço, sei nele orientar-me sem luz, não há canto que não reconheça meu, a mesinha de cabeceira, a cama, aquela secretária. A mãe está lá dentro, na sala, vê certamente televisão, houve há meses uns senhores que em cima de uns blindados proclamaram uma mudança certa – o Paulo dantes no comboio para a faculdade com o jornal escondido, clandestino e cheio de utopias – a mãe está lá dentro e sabe tão pouco da minha vida. Não que não pergunte por ela, que se não interesse, porque se interessa. Mas porque não há nada que eu possa dizer que a acrescente, nada que eu saiba que ela possa entender. Não entende. Nem ela, nem o pai, que saiu de casa há quinze anos e com quem vivi fim de semana sim, fim de semana não, até que decidiu deixar de fugir aos seus e fugiu definitivamente para o estrangeiro. E muito menos a Isabel, que nunca cá verdadeiramente esteve, mesmo se o corpo parecesse presente – onde andará ela por estes dias? Saberão eles o destino que me deram por essa ausência? Mas não, deixa-me dizer-te, filho, deixa-me escrever-te de mim e para ti nesta véspera.

Tenho vinte e quatro anos. Sou uma senhora, já. E amanhã vou casar com o Paulo, inundar a minha vida de uma nova idade adulta.

Mas antes quero escrever-te das coisas que pensei e que nunca verdadeiramente te disse. Por isso escolho o papel e a caneta, este quarto onde estudei até chegar a faculdade e, finalmente, ter sido possível crescer longe dos olhares da minha mãe e da reprovação da minha irmã. Escrever-te a purificação, sabes bem. Escrever-te a água que cai nas cataratas mais puras e que eu via na televisão quando criança, naquele filme antigo. Escrever-te da verdade e pedir perdão pelo pecado.

Sabes que não tive outra opção para o que acabei fazendo. Era tão nova e o medo parecia a escuridão que me assombrava à entrada da porta, no corredor, quando em criança o meu pai acabara de sair de casa. Ficava enrolada nos lençóis, puxando-os para cima da cabeça mesmo nas noites mais quentes, pedia à mãe, Deixe a luz do corredor acesa, pensando com isto que não poderiam chegar monstros descendo pelo teto à entrada do quarto, como aranhas pelas paredes de encontro à minha angústia. Era nova e não tinha ninguém a quem confiar o meu segredo. Deus é coisa que sei inexistente e por isso de impossível inquirição. Mesmo quando, nessa altura, entrei na igreja duas ou três vezes para conselho. Lembras-te? Ias comigo pequeno e expectante, entrámos na igreja em frente à estação, tão longe desta casa, na cidade onde seguia a faculdade, e chegou uma freira que me viu de olhos fechados, ajoelhada, a chorar. Veio ter comigo, chamou-me ao seu cuidado e perguntou-me a razão para tanta preocupação numa carinha tão nova. Lembro-me tão bem das suas palavras, Então, que se passa, com essa carinha tão linda e a chorar tanto?, e eu vi-me pequena demais para a idade que deveria ter, vi-me novamente alvo dos paternalismos irritantes do pai, da mãe, das suas discussões sobre a minha educação como se não fosse eu o mais importante nisso, antes os motivos que terão levado, como sempre, à sua separação – a Isabel, essa, sempre foi um caso perdido, a prostração dos pais ao silêncio como aceitação. Olhei para a irmã. Vi-lhe no hábito as expressões oferecendo-me ajuda. Mas aquela face misericordiosa quando precisava de um sinal de Deus, isso sim, não de uma velha que se veste sempre da mesma forma, aquelas palavras, aquela mão que afagou a minha cabeça em comiseração fizeram-me desistir o corpo e as lágrimas na sua presença, dizer-lhe, Nada, nada em que possa ajudar, e sair da igreja num pranto e numa correria. Cheguei cá fora e percebi que tinha afastado definitivamente Deus do meu caminho. Quando, dias antes, entrara na igreja, ninguém tinha vindo, nem freiras, nem padres, nem Nossa Senhora. E agora, quando alguém se acercava de mim em preocupação, tinha sido resoluta na minha força – mesmo na minha força desistente – e tinha saído sabendo Deus longe dos homens e do meu coração.

Não havia ninguém além do Paulo. Tive, só como nunca, de decidir o que fazer. E fi-lo, sentindo-me uma mulher. Infelizmente.

Antes de te dizer do perdão, deixa-me ser feliz na memória do futuro. Amanhã, a igreja, o padre Tomás, o meu Paulo, os seus avós com ele entregando-me um filho, a música à entrada de braço dado com o meu pai, chegado com a democracia do exílio voluntário e involuntário, amanhã uma vida nova para viver. Sinto tudo preparado, foram meses de sonhos acordados e decisões difíceis. Meses de preparação sem preparação possível, o branco imaculado do vestido pedindo a Deus Nosso Senhor o perdão que só tu me podes dar.

Entrarei serena. E serei em frente ao altar a noiva original, bebendo do cálice o sangue de Cristo e imaginando, de olhos fechados, o sangue que de mim saiu há anos a ser levado pelas goteiras da igreja. É com esta carta e esse cálice que lavarei definitivamente o meu passado. Sei que me perdoarás. Tu e o Deus em que não acredito mas a quem reitero o meu perdão. Não houve, há dois anos, maneira alguma de decidir por ti.

É claro que se sabiam os riscos, não era eu uma universitária informada nas questões da vida e da luxúria? Mas o corpo não pensa e, pior ainda, impede a razão de se impor. Foram uma, duas, três, mais vezes as que seguimos o descuido pela ânsia de um beijo e mais ainda. E, quando a menstruação não veio na sua hora certa – eu que sempre acertei o relógio pelo que dizia todos os meses o meu corpo – percebi que uma decisão impensada do passado pode impor decisões que nos custam o futuro.

Já te disse da solidão. Já te disse da igreja, da freira, de como custou. O Paulo nunca soube. E nunca saberá. Mas não há como dizer-te da violação do corpo naquela casa, naquele quase vão de escada da rua da Fábrica. A marquesa, o cheiro, os panos brancos em cima de uma mesa suja. Outros panos ensanguentados a fugirem de um caixote do lixo a um canto. E para onde quem sangrou e morreu, perguntei-me.

Diz-se que nada é pior do que a morte de um filho. É verdade. É mentira. Pior do que morte de um filho pelas circunstâncias que a vida traz – a doença, o acidente, a perda inevitável – só a morte de um filho que matámos. Amo-te, Gustavo. E matei-te sem dó para poder cumprir o amor com que amanhã vou casar: o da minha mãe, o do Paulo, do padre Tomás, dos vizinhos, o de Deus, em que não acredito.

Sabe que o sangue que jorrou trazia as lágrimas que gritei. E que o beberei amanhã no cálice de Cristo, purificando perante o futuro o passado que esqueço. Como o fim desta véspera e do perdão que, sei, me hás de oferecer.

Menino dormindo, em sono profundo. Bem-vindo, bem-vindo, salvador do meu mundo.

Rua da Castela, 26/IX/75

Junho

Terça, 1

Chegou pequeno. Castanho, pelo comprido que baste para o afago, indagava envergonhado a casa que seria a sua. Chegou anónimo pela mão do Fernando, que, sabedor há dois dias da gravidez da Susana
— Um cãozinho é importante para as crianças.
com um sorriso e uma felicidade só
— Assim habitua-se à casa antes de a guardar como o Tucho nos guardou lá em cima, há anos.
que criança seria essa que iria nascer daqui a alguns meses?
Estávamos perto do início da primavera, as folhas começavam verdes, não seria muito o tempo para a hora mudar e, mesmo com chuva, se sentir o verão como uma esperança. O cão chegou perguntando onde estava com o focinho, escondendo-o como um bebé esconde a traquinice depois do primeiro descuido, na sala
— Tucho! Cão mau! Não se faz isso! Lá fora!
censurou o Fernando aquele que lá deixava para nos acompanhar aos três
— Desculpem, ainda não tem nome. Mas saiu-me. Tu sabes, Chico, o Tucho, aquele cão lindo que eu, tu e o Augusto vimos viver, morrer e nos viu nascer.
— Não te apoquentes, Fernando. Será Tucho. Claro.
disse a Susana como se me soubesse ler a alma e o coração.

O Tucho, este novo Tucho, chegou a poucos dias da primavera e logo foi sol e brincadeira e esperança. Hoje, dizem que a primavera vai alta no ano, que é o verão que se anuncia para daqui a umas semanas, que será finalmente altura de deixar de sentir os ossos frios. Mas a verdade é que nada disso acontece – o verão é chuva no meu peito, a primavera vê as folhas acastanharem nos meus olhos. E eu aqui ando, dorido e injusto, revoltado com a dor que me persegue todos os dias. E com o Tucho, como o menino que viu nascer, entregue aos meus pais ou ao quintal das traseiras para poder rebelar-me contra a escolha que Alguém terá feito – alguém.

Quarta, 2

Pergunto-me muitas vezes como vai ser depois. Ou entretanto – o funeral. A Susana ainda está viva e eu não consigo deixar de pensar na forma como a vou enterrar. Onde, quando. Porquê? A menina deve nascer em setembro ou outubro – em que dia? Dias depois será ela a morrer. Dias depois será ela a ser sepultada – quem fica com os meninos?

Velaremos o seu corpo na igreja. À capela, mais próxima, faltará a solenidade da cruz. Sempre ouvi isso mesmo em minha casa, na dela, dos pais do Fernando, que vivem como nós na rua que vai para o cemitério. Mesmo que nunca o tenham dito, ouvi-o nos silêncios. Vai ser velada na igreja.

Penso no Tucho. Que será do cão quando ela morrer? Dizem que os cães sentem a morte do dono como se lhes tivesse morrido o pai ou a mãe. Ou pior. Como se nos tivesse morrido a nós o pai ou a mãe. Como se me tivesse morrido a Susana.

Sábado, 5

Estive dois dias longe destas palavras, em vigília. Na noite de quinta pensei o Tucho e ouvi-o latir desde lá de baixo, quando o telefone tocou era já madrugada de sexta – um agravamento do seu estado de saúde e, pela primeira vez, o sobressalto do telefone
— Professor Janela?
sim, sou eu pelo estatuto, que o apelido continua a pertencer ao antigo defesa-central do clube da terra
— Sim.
— É do hospital. A menina Susana teve um agravamento do seu estado de saúde
e morreu, pensei. E ainda há dias pensei o funeral e ele será quando não deve, enterrar-lhe o corpo com outro corpo dentro, um caixão só para dois seres apenas porque não conseguiu – nem isso conseguiu! – incubar quem não pediu para nascer mas quem também não pediu para morrer sem ter nascido
— e tememos que o inevitável possa acontecer mais cedo do que previsto. Se quiser cá vir. Achámos por bem dizer-lhe.
e vive, ainda. Na ausência de esperança há esperança. Brincas comigo, Senhor Deus. Brincas comigo nas palavras da diligente enfermeira do turno da noite (onde andará a enfermeira Cristina?), a chamar-me a estas horas para a morte de uma mãe e de uma

filha – e agora, diz-me, Deus, como será se o telefone voltar a soar a meio da noite? Posso esperar nova chamada para a morte que se não revelou ainda ou a chamada da morte com um

— Faleceu há minutos a menina Susana.

a que eu somo

— E a criança?

deixando a enfermeira sem as palavras que já não tinha? Brincas comigo, Senhor, brincas comigo.

Eu lá fui, pronto para encostar a minha face à dela e, assim, poder sentir bem perto a sua última respiração – o ar deixando o seu corpo sempre me pareceu o melhor perfume do mundo, como se lhe saísse um bocado de alma, ma oferecesse aos poucos.

Não ainda. Encostei por dois dias e duas noites a minha solidão à dela, mas sobreviveu. Ainda há esperança de sentir uma nova última vez a sua respiração junto à minha.

Domingo, 6

Nestas quase quatro semanas têm sido muitos os que se têm chegado perto – por pensamentos, palavras, atos e omissões. Telefonam-me, vêm ter comigo, perguntam-me pela Susana, dizem
— E o menino, como anda?
ele que ainda gatinha. Encontram-me na rua, falam-me na escola, dizem-me de ti e do que por ti rezam no café, na padaria. No Magote, o Zezinho pergunta com os olhos – já desistiu de dizer o que quer que seja há semanas. Compro o jornal, falamos em silêncio ou
— Tudo bem, Chico?
ou, quando percebeu,
— Como andas, Chico?
a que eu já não consigo responder, como a dona Carlota
— Com as pernas.
porque com a cabeça não entre as orelhas mas no meio do peito, desconstruída e desconstruído, um resto de gente com fogo a arder no estômago, como uma úlcera que não começa nem acaba.
Falam-me na padaria. Dizem-me no café. Telefonam, muito. Ontem mesmo voltou a ligar a Rita, do estrangeiro, uma das suas melhores amigas, pela quarta ou quinta vez – e apenas para falar comigo. Não que se interesse assim tanto por mim

– Passas-me a Susana? Beijo.

foram as palavras que mais lhe ouvi enquanto o telefone fixo ainda existia, antes destes aparelhos que agora nos perseguem, eu

– É a tua amiga Rita.

e ela só

– Olá, amiga. A sério, amiga? Não digas, amiga!

como se o nome fosse secundário e o estatuto tivesse ganho substância.

Está no estrangeiro e não a esquece. Unha com carne tantos anos. Mora com a Sophie, com quem planeia um filho ao arrepio da moral que se apregoa e do padre da freguesia que a impõe. Disse-me ontem

– Talvez volte em breve.

a mãe está doente e a amiga quase que já não está.

Segunda, 7

Tenho quase quarenta anos. Dizem que é a meia-idade, que nos falta outro tanto para viver ou, como sempre sonhei, que ainda tenho – tínhamos – outro tanto para existir. E, no entanto, a verdade é que os primeiros vinte não existiram. Ou, se existiram, não passaram dos alicerces onde construímos quem somos. Importantes alicerces? Concedo. Mas escondidos de nós, memórias escolhidas a dedo pela impressividade, ganhos, perdas, dores, felicidades, revoltas e afagos. Aos quarenta anos ainda há dois terços para viver, não metade. A juventude não serviu para nada – só nos lembramos de viver quando nos sentimos mortais, e não há quem se ache mortal aos vinte anos.

Tenho quase quarenta anos e outro tanto, que é mais do que isso, para viver sem a Susana. A ansiedade toma-me a boca como se regurgitasse o futuro, de tão revoltado. É que para armazenar memórias é preciso vivê-las, e eu tenho quase quarenta anos e ninguém com quem o fazer.

Terça, 8

— Foda-se, Janela!

gritaram ao meu pai era eu criança. Tinha falhado um corte e com isso isolado o avançado do adversário, o baluarte da defesa do nosso clube desiludira a bancada velha, os lugares cativos onde me sentava cada quinze dias para o ver jogar. O que fez ele? Levantou a cabeça, mais irritado consigo do que com quem o criticara e gritou

— Calma, caralho!

calando os sócios pelo respeito que lhe tinham. E sim, passados dez minutos, foi à outra área num canto e cabeceou do alto do primeiro andar para o golo do empate.

Valeu alguma coisa? Não. Perdemos o jogo. O desiludido

— Foda-se, Janela!

foi trocado por um revoltado

— Vai pra puta que te pariu, Melo!

porque tirara a dez minutos do fim o avançado para tentar segurar o resultado.

Quero mandar alguém para a puta que o pariu, mesmo sabendo que o resultado continuará a ser o mesmo: uma urna, dentro de pouco tempo na igreja, aguardando que o jogo da minha vida possa um dia recomeçar noutra época.

Quarta, 9

E lá vão os velhos, todos gaiteiros. É vê-los sair, nem se conhecem. Da mesma forma que eu não conheço a doença da Susana e a morte da Susana e a ausência da Susana. É vê-los sair
— Bom dia, senhor Fidélio.
— Bom dia, dona Carlota.
 descendo ao campo da feira para procurar os verdes. Procuram-se há anos um ao outro e escondem-se disso e dos outros. A Vila ainda é aldeia, todos sabemos. E de nada vale alterar esse facto – somos pequenos porque hipócritas. Hipócritas, todos. Há quantos anos se encontram, estes dois velhos? Ainda a avó da Susana estava casada com o senhor Artur, já desde essa altura – e se não se soube logo, soube-se depois a extensão do pecado. O marido longe daqui, que a Revolução ainda não tinha chegado. Mas mesmo assim. Não se diz na saúde e na doença, até que a morte nos separe? Estar exilado porque se quer ou porque a isso se é obrigado não é uma doença imposta ao espírito? Ou o até que a morte nos separe é equívoco, velha Carlota? Que tristeza funda que me revolve o estômago e me falece o espírito. O velho Fidélio não se fez rogado e deixou a clausura para cuidar do corpo. Do dele e do dela, velho gaiteiro. Era ver as toalhas brancas de bidé no quintal, estendidas depois de lavadas no tanque com lixívia – a ver se o pecado se esfumava.

Mesmo quando voltou – imagino. Talvez não, mas mesmo assim imagino. Era vê-los uma tristeza só porque o senhor Artur era agora sindicalista e mandava em casa como nunca o deixaram durante anos. E o velho Fidélio, entregue a si mesmo e aos pombos de ambos. Foi pouco tempo, foi o que lhes valeu. A morte apareceu para que a vida se voltasse a despertar, e o senhor Artur, de ACV em punho, trocou o sindicato pelo cemitério. Quanto tempo terá a velha Carlota esperado – terá o corpo arrefecido o suficiente para que voltasse a aquecer o dela?

Voltou então a pendurar as toalhas brancas no quintal. Mas a força com que as lavava no tanque já não era a mesma. E a lixívia dera lugar a um simples detergente. Afinal, homem morto não enviúva a vontade de ter outro vivo, não é, velha Carlota?

Quinta, 10

Dia da Raça, não era? Não se celebrava hoje mais uma superioridade? Ou agora por ser das comunidades é antes comuna? E se a superioridade existiu ou existir? Esqueçamos por momentos as causas, sejam elas o clima, a geografia, a cultura, assumamos
— Sabes que dizem que têm o cérebro mais pequeno?
e eu
— Disparates, Susana.
porque também um anjo pode pecar e, afinal, não há anjos negros. A assertividade nas opiniões, pouca vontade de pactuar com o que achavam todos porque eram todos quem o achava. Desinteresse pela política, sim, mas não se coibia da demagogia habitual de quem aceita o bom e se queixa do mau. Não o diria como se todos os dias. Mas de vez em quando lá respondia eu
— Disparates, Susana.
o despeito, vontade de chocar, necessidade de se fazer notar pelas palavras — o andar, esse, não deixava ninguém indiferente.

Sexta, 11

Para que servem as férias que chegam senão para que nos partilhemos? O menino está em casa dos meus pais, no rés do chão, desde que tudo isto começou. E um corpo tão pequeno não serve para partilhar coisa nenhuma. Os pais? Esses são velhos lembrando os tempos em que jogavam no Campo dos Bargos ou ouviam o relato em casa construindo paulatinamente a úlcera
— É hoje que o João parte uma perna, eu sei.
e era sempre hoje até ao dia, já no fim de uma carreira baluarte, em que foi mesmo hoje. Os vizinhos, os amigos, quem? Já não sou uma criança, não posso subir a casa do Fernando às oito da manhã para
— Vamos lá, preguiçoso!
e irmos apanhar a carreira para a Barrinha. Ele tem uma família, a Manuela, o Rafael, os mesmos pais que eu e o mesmo irmão que eu — porque se chama Augusto e está tão longe dentro do seu quarto que também não existe. Tem o menino, já crescido e brincalhão. Tem o menino. Eu tenho o bebé, ainda. Mas irei ter um menino e depois outro bebé que será também um menino. Porque lhe chamo menino? Não sei. Porque minto, posso hoje dizer. O segredo era de polichinelo e bastou encontrar o velho Fidélio nas traseiras da casa para que, tentando imitar a Susana

– Boa noite, senhor Fidélio. E as pombas? Bem?
ouvisse depois de trocarmos duas ou três palavras
– Espero que a Susaninha melhore, Chico. A menina vai precisar da mãe.

menina, velho Fidélio? Como soubeste tu e com isso retiraste, tão sem querer, a oportunidade de ela e eu sermos nós a dizer-to ao mesmo tempo.

Sábado, 12

Os dias acordam sempre mais tarde quando é sábado. Nunca houve missa, que ainda hoje, mesmo esquecida no dia santo, nos traz a memória e a culpa de não estarmos na igreja. Ao sábado não. Ao sábado todas as horas são boas. Chova ou faça sol e a manhã quente.

Acordar, deixá-la no sono matinal que vale por horas e horas de descanso – porque lembrado, quase despertado – ainda o menino apenas viria a ser um dia. Levantarmo-nos sozinhos com a claridade há horas mas habituados a ela. Deixarmos o nosso outro corpo, que, mesmo exterior, amámos, deitado entre os lençóis. Sairmos ao encontro da rua com o Tucho como companhia. Sem trela. Não precisa. Ele sabe, mesmo que ainda pequeno já grande: não há que sair de perto de quem o protege porque o mundo fora do quintal das traseiras é cheio de perigos. E seguirmos até ao fim da rua da Castela, a curva à direita, parabólica como nos circuitos de Fórmula 1, e depois à esquerda, pronunciada, anunciando num dos ângulos a casa que abre para o campo do Magalhães. E uma descida, de pouca inclinação se a fizermos grande como agora com o Tucho, íngreme quando a subíamos de bicicleta, eu e o Fernando petizes nas BMX em que as mudanças eram um unicórnio de tão fantasiosas.

Lá em baixo, a padaria. Perto, o Magote. Primeiro o semanário comprado ao Zezinho, para parecer que percebemos o mundo que nos existe. Depois o pão, o Tucho à entrada sentado, aguardando que tomemos o pequeno-almoço, passemos os olhos pelos títulos, esperemos a boroa que levaremos para os pais.

Todos os sábados acordamos com a tarde, mesmo que sejam nove ou dez horas da manhã. Não há ânsia laboral que nos obrigue – apenas o descanso. E todos os sábados a Sandrinha

– Então, senhor Francisco, o costume?

dizendo-nos do costume porque é deste dia a dia semanal de que sempre quis ser feito.

Hoje passam-se pouco mais de seis semanas desde que a Susana não ficou entre os lençóis da nossa cama, aguardando o nosso regresso, com ele o latir do Tucho e o pão fresco. A Sandrinha e a cara que se vem fechando enquanto o tempo passa, cada encontro mais se compadece com a minha. Sandrinha: serás Sandra se carregares essa expressão quando me deixas o leite e o pão com manteiga na mesa onde me acostumei. Serás Sandra se me obrigas a não deixar o Tucho à porta, sentado, e o tiver de atiçar para uma natureza que nunca teve, mostrando os dentes. Nunca mais me digas

– Então, senhor Francisco, como anda?

quando o que eu quero ouvir é o costume.

Domingo, 13

Começou ontem o filho da puta do campeonato de futebol. Não por termos perdido, é-me indiferente a vitória ou a derrota nesta altura. Mas porque é inadmissível como apresentou o treinador a nossa seleção, um onze estúpido, cheio de sobranceria para que se não note que a nossa equipa deveria, isso sim, ter a coluna vertebral do campeão nacional. O que me revoltou ontem, durante o jogo, foi a inépcia. Tudo pronto para a festa, o campeonato em nossa casa, o estádio cheio, cânticos e o hino a arrepiar a espinha de qualquer um que vibre com as memórias que um jogo tão antigo lhe traz. (O Campo dos Bargos, o meu pai a defesa-central, eu pequenino sentado no banco durante os treinos.) O que me doeu não foi termos perdido. Foi a falta de inteligência, as pessoas que não sabem comportar-se de acordo com as circunstâncias. Custar-lhe-ia muito ter colocado o meio-campo que todos sabíamos melhor? Imagino que sim, afinal os burros somos nós. Não. Burro sou eu que ainda espero. Nada há a esperar. Apenas que o tempo pare e a derrota continue. Serão mais dois jogos ou mais uns meses, tanto faz. A incapacidade de entender como alterar esta situação faz de mim um inválido. Perderei todos os jogos até ao fim e só me posso revoltar comigo mesmo por ser um incapaz. Não, Sandrinha, ontem menti: não há costume. Apenas uma vontade enorme de gritar a plenos pulmões

– Não, não estou bem.

Segunda, 14

Não sei o que fazer, lamento. Não sei, Fernando. Não venhas com soluções, o problema só desaparece por imobilismo – o tempo que o leva. O teu irmão? Já sabemos – nulo social e familiar, não há nada a falar dele, não interessa, já morreu. Os teus pais? Dois velhos a ressecarem com os meus, na rua da Castela, que definha. A dona Carlota? Às voltas com uma nova juventude, feliz e triste, como se tentando esconder dos pais a relação com o velho Fidélio – mas os pais já morreram há anos e anos, e os filhos e netos já são pais de outros, podemos todos ser pouco espertos, uns mais que outros, mas nenhum de nós é cego. Não sei, Fernando, não sei o que fazer. Levo-o lá? O menino tem meses, ainda não diz nada mais do que o choro, um palrar feliz que me revolta porque a mãe morre no hospital e ele parece não saber ou não querer saber, vale-me o mesmo. Levo-o lá? Para que lhe toque? Para que lhe fale não há como. Ele chorará de susto e quando muito palrará mais interessado no cilindro azul, seu mecânico funcionamento, do que na mãe que jaz na cama basculante. Para que lhe toque? Mais interessado na enfermeira Cristina, imagino, que lhe dará colo e atenção enquanto a mãe está imóvel e desconhecida porque quase irreconhecível deitada em meditação eterna. Para que a cheire? E o éter que perpassa cada corredor, a cor asséptica que nos entra pelas narinas quando lá entramos nós, todos os dias. Para que a cheire, sim. Fernando, eu levá-lo-ei lá. E colocá-lo-ei por momentos, mesmo que chore, ao pescoço, único pedaço de pele onde se pode acolher sem puxar os lençóis para trás e mostrar como ficará esse corpo para sempre na urna. Ele irá, revoltado que estou por não a ouvir falar, ver e tocar, porque ela já não tem um único creme que não seja hospitalar – dar-lhe-ei o cheiro. A enfermeira Cristina não a lavará por um dia, ou se lhe fizer a higiene, eufemismo dorido para virar frangos que churrascam ainda vivos, não tocará no lado esquerdo do seu pescoço – aquele onde se abriga o coração. E eu aconchegarei a face do André àquele pequeno pedaço de pele que ainda transpirará um pouco de vida para um filho que só a lembrará morta.

Terça, 15

A trupe. A capa negra. A dux chegou ao pé de mim
– Quer fazer parte do nosso segredo?
o seu ar cheio de veterania, muito sóbrio. Honrado pelo convite, aceitei. E levei a Susana comigo para a noite e para a madrugada, em partilha.
Escondemos a Praça dos Leões com as capas. A fonte. Éramos muitos, afastávamos os carros e os táxis e os autocarros e os olhos curiosos que queriam perceber o que fazíamos. Molhei as calças, mesmo tendo puxado a bainha até às coxas. Segurou-me a capa como quem guarda a minha alma e eu pintei de azul o que me tinha sido destinado. Alguém, no entanto, tinha avisado a polícia da nossa transgressão
– Que se passa aí?
ao longe, perguntando
– Francisco! A polícia! Sai rápido!
e eu descalço, molhado, sem a capa, sem a batina, saltei da fonte, interrompi a arte que azulava os leões e, como todos, fugi. Fugimos. Entre as casas velhas que dão para a Ribeira, fugimos e carregámos as almas e mais uma memória para o rio, onde as pousámos com o orvalho da noite. Os gatos partem à aventura pelos telhados, pelos vales e pelos sonhos.

Que vou eu fazer agora com as nossas capas? Virá o tempo e trará com ele as traças. Como uma doença, levam-nos o passado. E assim nos destroem o presente, impassíveis pela revolta que transportamos.

Quarta, 16

Nunca aguentei a hipocrisia. A dissimulação, os olhos fixos nos nossos enquanto falam mas fixos no vazio, a dizerem que sim no momento, anuindo, mas com o não imediatamente atrás da córnea. Nunca gostei de quem quer e não diz, diz e não quer, de quem deseja e se esconde em frustração que, depois, temos de levantar do chão e colar como pires caídos por um qualquer acidente.

Mas, confesso, até há pouco aceitei e amei e quis e sorri com o velho Fidélio e a dona Carlota. O marido dela, primeiro desaparecido no exílio; depois, morto no regresso, percebo agora porque se soube também substituído no amor, ainda que ainda casto, e substituído na vida por uma qualquer revolução que, dizia, não se teria cumprido. A Isabel, sua filha e mãe da Susana, na cidade grande a colecionar maridos como cromos e assim o poder fazer sem recriminações – aqui está alguém tão pouco hipócrita e mesmo assim tão detestável. E a dona Carlota sozinha, com a neta a seu cargo e um velho Fidélio entre os pombos e a corte. Entre partidas e regressos, regressos e partidas do marido, da filha e até da neta para a faculdade, a aproximação acontecia, mediada pelos pombos e acrescentada pela vontade de sentirem o corpo vivo. O velho Fidélio sempre foi comedido e em clausura, mas até na clausura a cabeça é livre e o corpo existe. Soltos das amarras dos outros, só faltava soltarem-se das suas.

Nunca, é claro, disso deram conta a ninguém na rua da Castela – a igreja é perto demais e o cemitério está lá para lembrar que os pecados se pagam caros, sem o esplendor da luz perpétua, antes a escuridão da urna com o mármore da campa a impor o peso do inferno. E se ninguém na rua soubesse, talvez Deus se esquecesse de perguntar ao padre se sim ou se não no momento em que a morte de um dos dois chegasse.

De nada lhes valeu, claro. Demorou, mas percebeu-se. Muito pela distância pública, demasiado artificial a partir de certa altura, mais ainda quando

– Olha o velho Fidélio, Chico!

a Susana a ver um vulto na escuridão a descer as escadas das traseiras para o quintal e passar a custo a rede e subir o curto lanço que o põe à entrada da porta traseira da casa da avó. Não teve de esperar muito. Entrou

– Olha só os velhos, Chico! Já viste?

não o tinha certo mas imaginado possível. A hipocrisia da escuridão, que a Susana também demonstrou, não nego. Foi logo que casámos e eu não esperava o sorriso tão largo pela luxúria e gritos abafados da terceira idade a voltarem à adolescência. Teve comigo uma reação estranha

– Hoje vai ser...

a que ri de medo e de surpresa. Não era esta a mulher com quem casara, com uma vontade indómita de me usar porque sabia a avó a ser usada pelo velho Fidélio. Eu nunca tive vontade nem pombas para sinalizar vontades estranhas a quem achava tão mais serena.

Hoje, os velhos a irem à feira, saíram de casa pela manhã, cedo, cada um da sua como manda o recato – pelo menos porta da frente, que bem vi o velho Fidélio a passar a rede minutos antes do

– Bom dia, dona Carlota.

– Bom dia, senhor Fidélio. Frio, não acha?
– Muito. Mas o que tem de ser tem muita força e a feira não espera.

à entrada dos portões a iniciarem a caminhada ladeira abaixo, rumo aos verdes e às sardinhas. E eu, vendo-os tão velhos e tão tementes da Susana, dos Belo ou dos meus pais, pensei porque escondem eles o evidente, se Deus anda demasiado preocupado em me foder a vida a mim. Até que ela morra, aproveitem, velhotes. E surpreendam o padre com a necessidade de se manterem vivos, já que a ele só resta aceitar isso da mesma maneira que eu terei um dia de aceitar a morte. Não agora, foda-se. Agora revolta-me menos a vida que leva quem vive do que a que leva quem morre.

Sexta, 18

Por vezes um poema. Não em Paris, que aqui a legenda é "deitada numa cama, esperando a estricnina" e sem o Mário, que aqui se chama Francisco. Mas que metam em cobertores e que não me façam mais nada. Porque tudo o mais acabou. Ou será a ela? Ou o poema não sou eu e é a Susana quem no quarto em revolta por se saber presa ao corpo como naquela doença do escafandro e da borboleta? E se o seu presente, se inexistente, tiver sido entregue à Matilde, osmose do maior gradiente de concentração para o menor?

A revolta é minha, o quarto é o meu. A revolta é dela, o cilindro azul é que separa o André do choro.

Entrou no quarto pela minha mão, cambaleando. Dez meses e demasiada vontade de falar não permitem pensar que tão cedo caminhará sozinho.

– Ele tem nitidamente mais desenvolvida a fala que a área motora. disse logo a enfermeira Cristina, que deve saber do que fala

– E isso é normal. Não se preocupe, senhor Francisco, se só começar a andar ao ano e meio.

será que já vai ao funeral pelo seu pé?, pensei imediatamente.

Viu a mãe deitada e estacou. Olhou-a e não compreendeu. Peguei nele ao colo, aproximei-o da face da Susana e afastou o beijo que

— Dá um beijo à mãe.

virando a cara, vendo o cilindro azul e interrompendo o choro que se iniciara e iria humilhar ainda mais o corpo que se apresenta impávido e sereno naquela cama.

Penso: e se tiver sido a mãe a pedir-lhe para virar a cara, oferecendo-lhe, como à Matilde, o que sofre naquela aproximação? E o choro era esse e a Susana querendo apaziguá-lo, não conseguindo deixar de lhe dizer

— Estou ainda aqui.

mas assustando-o. E só o cilindro azul, respirando-a, o terá acalmado. Talvez porque o

— Estou ainda aqui.

esteja bem representado no ar que entra e sai na cadência daquele respiradouro moderno.

Domingo, 20

Mas eis que ele mudou. Ganhámos o último jogo, iremos à próxima fase. Não tarde o suficiente para conseguir o apuramento, a equipa alterou-se – substituiu alguns jogadores, outro equilíbrio. No hospital, a Susana ainda não pode ser substituída. Nada a fazer, o jogo está perdido. ~~E quem a vier substituir nunca trará o mesmo cheiro e a mesma voz.~~

(Que pensas tu? A revolta é assim tanta que já a carne se aproxima demasiado da razão? Não escrevas disparates, Francisco.)

Chamar-se-á Matilde. Uma filha, mesmo que no lugar de uma mãe, não pode acrescentar tudo. Não substituiu o desejo que tenho dos seus beijos, perdidos e para sempre. E o sempre, esse, é muito e demasiado tempo.

Terça, 22

Há um filme onde, todos os anos, ela espera a surpresa do marido, no dia de aniversário. Desde que o vi, há anos, quis fazer o mesmo. Foram três aniversários e um regresso à Barrinha durante dois dias e duas noites, um piquenique no Bom Jesus como dois adolescentes a sonharem com saudades do futuro – e a surpresa do acampamento selvagem, contra todas as precauções habituais que me conheço, e brilharam-lhe os olhos como poucas vezes vi –, e um terceiro, com carro de dois lugares à porta e muito dela, muito citadino, para deixar de ter de descer à Vila comigo ou a pé quando para o trabalho, dois lugares ocupados por dois dias, percorrendo mais uma vez a Barrinha – mas com a semana a acontecer e a surpresa de
— Não te preocupes. Convenci o Martins da Caixa que lá estarias estes dois dias mesmo que não
sorrindo
— e os miúdos estão todos contentes sem as aulas do chato professor de filosofia.
este ano como vai ser? Amanhã quatro anos de casados. E agora, Francisco?, como no poema. Como se surpreende uma mulher morta que respira? Como se apazigua a revolta de não a poder acordar? Deus não existe se não aceitar por uma vez que preciso tanto dela como Dele.

São sete da manhã. O dia inicia-se com poucas palavras. Vou para baixo e levo o carro dela. O meu na garagem, não vale a pena o trabalho de o tirar quando preciso do seu cheiro para pensar como a surpreender. Nunca o venderei. Serei pai de duas crianças e terei um carro para elas e outro para mim e para cada uma delas, à vez. E nunca – nunca – lhe abrirei as janelas, lhe colocarei o que quer que seja que lhe lave e perfume o interior – chegará o aspirador pequenino e de portas trancadas. Não tendo guardado o seu cheiro porque ninguém me avisou do futuro

– Prognóstico muito reservado.

e agora só o posso guardar em pequenas quantidades antes que se torne o do rio onde navega Caronte. Teremos sempre o carro de dois lugares onde, à vez, levarei o André e a Matilde – não para conhecerem o gelo, mas, depois de fuzilado pela sua morte, nunca esquecerem o seu cheiro.

Quarta, 23

Noite. Escuridão lá fora e cá dentro. Uma luz ténue que, à cabeceira, me permite estes apontamentos. É a primeira vez, em quatro anos, que durmo em casa e que durmo sem ti. Perdoa-me o endereço, mas hoje és tu. Há quatro anos
— Sim, aceito.
há quatro anos
— Sim, aceito.
na igreja aqui a alguns metros. Hoje como um cão, nesta casa, sozinho. E de nada valeu a ideia de me deixar ficar ao teu lado, no hospital. A enfermeira Cristina noutras ocasiões
— É melhor não. As noites são longas demais.
mas eu pedi
— Esta noite é especial.
e lá fiquei, como um cão dormindo acordado ao teu lado, enrolado ouvindo o bater do teu coração. Eram duas da manhã e as noites são longas demais. Saí. Voltei. E agora sou só um cão ouvindo o silêncio do teu coração e enrolado a esta chama que me consome pela tua ausência e minha fraqueza.

Quinta, 24

Hoje mais um jogo e mais uma estupidez. Não da equipa, mas de um deles que se lembrou do Panenka no desempate por grandes penalidades. Que irresponsável é esse moço, com um país às costas e a brincar. O futebol é bem mais que um jogo, meu adolescente tardio. E vê se percebes que assim ainda acabas por desolar toda a nação.

    Mas marcou. E agora é hossanas que o moço é um corajoso. A Susana sempre teve demasiada coragem. E nisso, não consigo deixar de perceber o rapaz. Às vezes há Franciscos que se detêm a ver o que poderia ter corrido mal em vez de celebrar o que correu bem. E com ela, mesmo quando corria mal, eu aceitava a sua razão. Assertiva, verdadeira, acutilante. E a mandar foder os outros, que acabavam por detestá-la. De vez em quando chegavam-me aos ouvidos algumas coisas, namorados que éramos. Ela terá feito isto, diziam. Não é para ti, repetiam. Toma cuidado, não paravam. Mas eu deixava-me. E repetia-me. Dela e para ela, porque quem vem e diz é porque não está satisfeito com a sorte que tem, tão-só. E como acertei. Basta vê-la deitada na cama, a serenidade pura, para perceber que o que traziam era o erro, a inveja, a necessidade de se fazerem notados. Até o Fernando, a certa altura. Preocupado comigo como melhor amigo, porque querias tu, Fernando, imiscuir-te tanto na minha felicidade? Depois, parou. Aceitou e eu agradeci. E a amizade reforçou-se, com a Manuela e a Susana a tolerarem-se o suficiente para que se pudesse continuar.

O rapaz marcou. O país saltou de alegria e alívio. Eu não estou revoltado com ele – não devo. E se o fiz notar, quero pedir-me desculpa pela direção que tomaram as minhas palavras. Não. Revolta-me mais saber que, neste momento, há quem desejasse que ele tivesse falhado. Assim os que se diziam meus amigos. O corpo da Susana, no dia em que veja o caixão descido pendurado nas cordas, esse corpo responderá a tudo. Podem parar de me desejar mal. Ele chegou mas não foi por causa dela, foi por causa de um acidente vascular cerebral trombótico causado pela gravidez. Foi por causa da Matilde, eu sei. Foi por causa do senhor Artur, que morreu para dar lugar ao velho Fidélio, levado também por um trombo algures. Foi por causa da Matilde, eu sei. Não por vossa causa.

Sábado, 26

Tinha dito à minha mãe
— Em breve arrumamos a loja, dona Alexandrina.
se a dona Justina Belo tem um barraco e as galinhas no topo do seu mundo e nos socalcos de sua casa, os meus pais têm uma arrecadação no quintal das traseiras a que sempre chamaram loja.
As palavras são uma coisa com pouco entendimento. E nem eu, nem a Susana, algum dia nos perguntámos porque chamam os meus pais – porque chama a sua avó, que também tem uma para seu uso – loja a uma arrecadação. Hoje, mais um dia de todos os demónios, surge-me o significado como uma necessidade de explicação. Sei porquê. De nada me vale escamotear este fogo que me apaga a serenidade no peito, que me engole o oxigénio que inspiro e se alimenta dele como o cilindro azul se alimenta da expiração da Susana. Hoje teria sido talvez o dia. Esteve sol. Não esteve calor. Esteve pouco vento, o menino em paz entregue ao Fernando e à Manuela, que o levaram para habituar o seu Rafael ao desejo de um irmão. Tudo tão tranquilo que, depois de nos levantarmos e sabermos o amor entre os lençóis, teria sido o dia. Aquele dia que esteve previsto e aceite e encomendado há meses – o dia de nos oferecermos um ao outro o pó como uma bênção entre dois amantes e arrumarmos a loja que nada vende e tudo permite.

Segunda, 28

Inês é morta, ouço. Mas não agora. O verbo é presente mas a conotação que sempre lhe li é passada. Não vale a pena, Inês é morta. Não porque o esteja a ser, mas porque já foi. Não vale a pena, Inês, estás morta e não és mais nada senão lenda, lembrança condoída de um amor que se quis verdade mesmo que inventado.

Já tudo me aguarda.
Já nada espero.
Já tudo me aguarda.
Já tudo espero.
Continuo a procurar o que não encontro.
Susana é morta.

Quarta, 30

Caía o sol no monte de Santa Catarina enquanto subia para casa. A escola terminada e o tempo todo para as visitas ao hospital, esperando. O tempo é outro tempo nos quartos pequenos onde sobrevive e morre quem amamos. Sentados à sua cabeceira, chegamos a uma altura em que as paredes são espelhos, são prisões, são de vidro translúcido – uma barragem sobre o Pacífico. Hoje as paredes estiveram tão escuras que mesmo de olhos muito abertos eu só via o som do cilindro azul, respirando-a.

Porque pensei o que seria se fosse o inverso. E se tivesse sido eu, na aula do 11º G a cair inanimado no chão depois de tocar a cabeça e dizer

– Susana.

como ela terá dito – terá dito?

– Francisco.

antes de não proferir alguma palavra mais. E se fosse eu? E se estivesse eu deitado naquela cama, a ser velado vivo pela Susana? Velar-me-ia ela? Com o mesmo cuidado que trago? Não teria Matilde que me permitisse estar ligado a este cilindro azul que a respira. Quando decidiria ela desligar a vida que tínhamos?

Sim, eu bem sei da sua bondade. Eu bem quero pensar na tristeza profunda pela minha morte. Mas, foda-se, e se não? E se eu estiver enganado nesta minha dor? E se a dor dela fosse apenas trânsito acelerado para outra e melhor vida? Susana, será que te velo e acompanho na mesma proporção que farias comigo?

Nós também tivemos os problemas que não quero lembrar. É mais fácil esquecer o que nos doeu do que o que nos afagou. Não creio em grandes mágoas para amparar o amor – somos castelo na areia, o mar ganha sempre. Mas tivemos. E nessas poucas alturas foi outra a mulher que tive à minha frente. Implacável numa frase sem um gesto que se aproximasse dessa dureza. Cortando as batatas, sem sequer levantar os olhos da banca

– Sim, Francisco, mas quem é o otário por deixar que ele te trate assim?

ele quem, pergunto-me hoje sem querer lembrar

– Sim, Francisco, mas quem é o otário por deixar que o Fernando te trate assim?

o meu melhor amigo. Se não formos para eles, vamos ser para quem? O que verdadeiramente me doeu não foi a frase. Foi a expressão que manteve, focada na banca e nas batatas, dama de ferro, subjugando o otário que a palavra não chegava para a indiferença a que o queria deitar. Não era

– Quem é, diz-me?

mas antes

– Tenho vergonha do otário que está aqui comigo. Não tiro os olhos da banca. Falo sem sequer mexer os lábios, sem abrir a boca, sem alterar um músculo da face pela importância que não tens.

será, Susana, que me acharias o fraco deitado na cama e o cilindro azul a respirar-me? Quererias tu que da lei da vida me fosse libertando para te libertares ainda mais da que te continuava?

Não quero crer. Não posso crer. Se assim fosse, se assim for, as paredes tornam-se negras e não existe sequer o som do cilindro azul a respirar-te. Vou silenciá-lo.

Véspera

Descemos a rua da Castela. À esquerda a capela, o cemitério, a igreja, o salão paroquial onde as viúvas carpiam as mágoas dia sim, dia sim. Descemos como o Janela durante tantos anos para ir treinar ao Campo dos Bargos, envergar a camisola azul e branca do clube e ouvir as multidões no superior a gritar pela subida à primeira divisão. Descemos

O acaso. A morte. O fim. Deus me perdoe, Beatriz.

descemos cansados. Deixaste a casa de tua mãe, a tua irmã algures, como sempre, e descemos a caminho da nossa – o caminho de casa.

É aqui, neste prédio amarelo onde chegaram os que retornaram, que arrendamos uma casa na expectativa de cumprir a nossa. Arrendámos. Porque nada do que foi será.

E descemos ingénuos porque só a idade soma experiência – éramos demasiado novos para termos tido o tempo. É preciso deixá-lo passar para que se guarde, nas doses certas, saudade e arrependimento para conseguir sobreviver à memória do que lembrámos – mesmo quando o objetivo final é esquecer. Lembrar é um verbo demasiado intransitivo. Ensinaram-me no seminário – antes de te conhecer e trocar Deus pelo teu corpo – que a terminação que traz o diz transitivo. Mas isso foi certamente escrito, ponderado, decidido por quem pensava o futuro quando dissecava a lembrança. Todos queremos esquecer o que fizemos, poder

O acaso. A morte. O fim. Deus me perdoe, Beatriz.

todos queremos poder passar de ontem para amanhã sem pensar o que é agora. E lembrar não deixa. Porque nos obriga a carregar memórias que não escolhemos, a pensar dores que não quisemos – para nós, para mim, para ti.

O nosso casamento teve demasiadas coisas boas para que te lembrasses apenas das piores. Eu não mereço essa tua escolha, como se uma coisa mais triste valesse dez felizes. As vezes que fizemos amor não foram mais do que aquelas em que possa ter feito algo semelhante – amor, sexo: nunca amor, Beatriz, nunca – com outras que não tu? Já pensaste, antes de me teres querido julgar sem misericórdia, na responsabilidade que podes ter nessa situação? Ou achas que é fácil – e voltamos ao mesmo, claro, voltamos ao mesmo! – ou achas que é fácil viver com alguém que me ama, deseja, quer mas oprime? A liberdade é um valor absoluto. E eu não compreendo porque perguntavas vezes sem conta onde vais, onde foste, de onde vens com a mesma dureza com que me obrigavas a ser demasiado outro, os chinelos, a limpeza, as mãos sempre para lavar mesmo que já limpas.

É por isto que depois acontecia. Eu amo-te, amava-te, amar-te-ei. Sempre. Mas tu, Beatriz, não podias querer dizer amo-te e ao mesmo tempo levantares-te anjo pela manhã para mostrares o que é meu por sacramento a quem te não merecia nunca. Lembremos, então, sem piedade. Escrevi acima – o corpo de Deus. Sim, troquei o corpo de Deus pelo teu porque tu O encarnavas em cada centímetro de pele e de sorriso. E queres que aceite que a desfiles por seres demasiado feliz? Não posso aceitar, ainda hoje, seis dias se passaram, que alguém me diga ou ela andava tão triste ou que se passava com ela ou talvez até tenha sido pelo melhor ou ninguém esperava que acontecesse, mas ela andava tão triste, que alguém mo diga como se te tivesse acabado o sorriso, o sorriso que, podem dizer mentindo, terias antes de casar.

Tinhas. Foi esse o sorriso que me fez trocar por ti a casa dos meus avós, a Conceição e o coberto onde a cobria como gostava. Mas não, Beatriz. Não penses que poderia aceitar sorrisos demasiado largos para quem não percebia que era de Deus que se tratava. Quem te via passar não compreendia a bênção que tive e não poderia nunca ter acesso a algo que era só meu. Demorou pouco

O acaso. A morte. O fim. Deus me perdoe, Beatriz.

pouco demorou para que percebesses. Avisei-te algumas vezes, lembras-te? Sim, disse-to calmamente para que compreendesses isso é saia que se apresente para ir trabalhar e tu, como se não entendesses, olhavas-me surpreendida, achando que por ter aceite a opressão marital ao calçar os chinelos não iria repetir não sabia que tinha casado com uma mulher da vida, toda cheia de anéis e colares e batom e cremes e perfumes que Deus não inventou.

Mas um dia houve, é claro, em que falaste demais. Quiseste ser mais do que te tinha permitido, do que me tinha dado de masculinidade para cumprir os teus desejos femininos. E isso eu não podia admitir. Saíste uma, duas, três vezes como não devias. E quando voltei a dizer o que já tinha dito onde pensas que vais com essa blusa, tu disseste vou onde quiser como se tivesses quereres. Deus não encarnou em ti para poderes querer. Deus existe em ti – nunca te esqueças que abdiquei Dele por ti, que eras tu o corpo de Deus a partir das palavras do padre Tomás, de nos ouvirmos dizer aceito e aceito no dia em que se cumpriu o destino. Nunca te esqueças – Deus existe em ti porque eu te santifiquei o corpo de amor. Nessa altura era preciso fazer-te ver que esse corpo só mandava até onde eu deixasse. E quando perguntei vais onde sem que ouvisse responder um desculpa, Paulo, tens razão e sem te ver ires trocar a blusa como te mandei, um casaco de malha como te mandei, antes o onde quise, o erre já não se ouviu – não posso permitir que o corpo de Deus seja conspurcado por palavras. Bati-te? Talvez digam que sim, esses ignorantes que acham passível de comparação o incomparável. Não – corrigi-te. Amei-te. Desejei-te. Estabeleci-te.

A partir desse dia

O acaso. A morte. O fim. Deus me perdoe, Beatriz.

não. Nada de arrependimentos. Por ter sido necessário mais do que até eu esperava? A tua voz herege, o teu corpo de Deus diabolizado. E eu quieto? Tu a afrontar quem foi o abençoado guardião do teu maravilhoso espírito. E ele quieto? As saias alongaram-se. As blusas viram casacos de malha. Os colares e os anéis partiram-se por obra e graça de um espírito santo – o nosso. Mas eu não deixei de calçar os chinelos nem de lavar as mãos, pois não? E depois perdeste o sorriso entusiasmante para esses ignorantes que se achavam merecedores dele sem nada terem feito para isso. O sorriso de Deus é meu. É meu desde que deixei o seminário com uma alegria infinita por sabê-lo encarnado em ti. Não peças a quem não viu para compreender, a quem não pensou para perceber o impensável.

E nós continuamos, do outro lado do Campo dos Bargos, ao fundo da rua da Castela. Começar é fácil. Acabar é mais fácil ainda.

Difícil é continuar. E eu sabia que era esse o meu destino: continuar contigo, mesmo quando por uma vez disseste quero-me ir embora como se desistir fosse uma opção. Desistir é para os cobardes, e tu perdeste o sorriso para os outros mas nunca o perdeste para mim – e é o que está certo. Tanto assim que a partir de certa altura nem to precisava pedir com as mãos. Ficaste santa e mulher – esposa. Aprendeste o lugar que Deus escolheu para ti com o espírito santo que entre os dois estabelecia a Trindade. A nossa. E eu sabia que a vida era mais alegre com a nossa paz junto ao Campo dos Bargos, a poucos metros da igreja, no fim da rua da Castela.

Lembro com tanta felicidade o amor que fazíamos. Quando cheguei a casa naquele dia e disseste alto de onde vens tu, porque não me queres, eu mesmo cansado de onde me vim fiz-te ver que te queria como precisavas. Nunca mais perguntaste. Foi a única vez que sangrou, lembras-te? Serviu de exemplo para não fazeres perguntas desnecessárias e aprenderes o lugar que Ele te deu – o lugar que Deus me deu. Até aceito que poderei ter sido um pouco exagerado. Embora, convenhamos, é belo ver o sangue de Cristo a escorrer pernas abaixo pelo corpo de Deus. Reparaste como a partir daí me contive? Porque te amava e nunca, nunca, te magoaria. Lembras-te, Beatriz, lembras-te do amor que fazíamos? Quando chegava e tu já a dormir, eu que me punha a teu lado, o teu corpo feito ninho de costas para mim, eu que me deitava debaixo dos lençóis e, com um afago no cabelo e um beijo no pescoço, ajeitava as tuas cuecas e a tua camisa de dormir e te fazia gritar? Isso foi nas primeiras vezes. Depois não. Depois já sabias do meu amor e de como iria chegar para o consumar com a certeza de como me querias. Tu deitada de lado, um corpo de Deus em concha, esperando que chegasse, nunca mais aquele o que estás a fazer, Paulo? Foi só da primeira vez com o grito mais alto. Virei-te a cara para que te imaginasse o sorriso e disse a verdade:

– Amor.

E tu choraste para mim debatendo-te contra o amor – não sabias ainda na altura que é assim, com essa mão no cabelo e o meu corpo a entrar no teu, que ele melhor se define.

Agora

O acaso. A morte. O fim. Deus me perdoe, Beatriz.

amanhã é a missa de sétimo dia. Acham todos que te mataste, vá-se lá saber porquê, tão feliz eras comigo, cambada de ignorantes. Só não digo o que realmente aconteceu porque não vale de nada explicar que Deus dá e Deus tira. Tive culpa que desta vez te tenha feito bater com o pescoço onde não devias só porque acabaste por escorregar? Os teus olhos abertos e um sorriso que era só meu – ajeitei-te o cabelo, pedi desculpa a Deus por não ter tido um pouco mais de cuidado, compus a boca para que não vissem pela última vez a felicidade que era só minha. E peguei em ti, beijei-te a fronte e, no meio da escuridão, deixei-te cair da varanda deste terceiro andar de encontro à rua da Castela onde sempre viveste e onde sempre morreste.

O acaso. A morte. O fim. Deus me perdoe, Beatriz.
O acaso. A morte. O fim. E Deus que já me perdoou.

17 de abril
1982
Bargos

Julho

Quinta, 1

Somos feitos do que lembramos, penso. Se eu não lembrasse, que era eu? Vivia, concedo – mas não existia. Somos o que se lembram de nós, numa rede de memórias partilhadas. E se os meus pais não lembrassem, se a dona Carlota esquecesse o velho Fidélio depois de cada
 – Boa noite, senhor Fidélio.
que ouço tanta vez e tão repentino e agreste como se fosse só a sua vizinha de baixo. E se os Belo pudessem esquecer o homem que têm por casa, nulo familiar que lhes dói a vida? E se todos nós não fôssemos mais do que o presente e eu esquecesse a Susana deitada na cama do hospital há quase dois meses? Viveríamos, concedo – mas não éramos. Não passávamos de células justapostas num equilíbrio sempre periclitante, à espera do próximo coágulo para estancar o cérebro. Lembraríamos a comida, o sexo, as funções de sobrevivência necessárias – não assim todos os animais? Mas não éramos – estávamos. Somos feitos do que lembramos, penso. E eu não esqueço que numa cama de solidão povoada há um corpo deitado, vendo ser adiada a sua necessidade de morrer para poder deixar existir outro – o que lá se deita há muito que já não é. Resta-me, apenas, pedir-Te que me leves o meu em seu lugar.

Sábado, 3

Denotativo: ela por ela.
 Foi há quase dois meses, já. Um estudo cariotípico para perceber a viabilidade do feto. E eu pensei: e se ela tiver um problema e não valer a pena a incubação pensada? E eu pensei ainda mais: e se ela não tiver problema nenhum e valer a pena abortar? Porque não? A enfermeira Cristina olhou-me em comiseração
 — Será de perguntar ao médico?
 perguntei
 — Não resolveria nada, senhor Francisco.
 — Acha mesmo?
 — E é sua filha. Não pergunte que não vale a pena e concentre-se na menina.
 que filha — a que me matou a mãe?
 Não perguntei. Vim para casa. Pensei: se de nada vale, não preciso de saber de um senhor doutor tão encartado, quando confio bem mais na enfermeira Cristina e nos seus olhos carregados de pena.
 Mas ela por ela, ainda hoje. Ou não? Deixemos a decisão nas mãos do médico estrangeiro onde irei daqui a dias. Levarei comigo os exames e a dúvida. Inexistente diz quem sabe
 — Morte cerebral.
 possível, diz quem ainda tem esperança.

Domingo, 4

E perdemos, como tudo se perde. Choraram no meio do relvado, um que queria a festa para lá da meia-noite porque faz anos amanhã. Perdemos o jogo mais fácil depois de termos ganhado os mais difíceis. Uma comoção nacional, um choro, uma revolta, uma necessidade de culpar alguém. Era só um jogo e todos, sem exceção, com vontade de matar ou morrer. A Susana deitada e que dizer? Interessam vinte e dois homens atrás de uma bola assim tanto quando há quem não respire sem a ajuda de um tubo, de um cilindro azul a sistematizar a natureza das coisas? Não sei se me revolte pelo choro dos outros ou pela importância que também dei ao jogo. Sei apenas uma coisa: e se?
 Também me sentei em frente à televisão, o meu pai a vibrar como se estivesse lá dentro – e esteve, noutros palcos, é certo, mas para ele tão ou mais importantes –, as mulheres entre a cozinha e a sala, a minha mãe
 – É hoje que parte uma perna.
 mesmo que o tenha pensado apenas, o Fernando connosco e até a Manuela de cachecol, o meu irmão e a minha irmã cá como lá, sempre longe, a distância mais curta entre dois pontos é uma linha reta, sim, mas a que lhes liga aos dois, não a que os liga a mim. Todos. E eu a ouvir o hino, primeiro, e a pensar, depois: e se?

E se perdêssemos e eu entregasse o choro de um povo pelo fim do meu? E se perdêssemos e com isso dez milhões condoídos entre si e um, apenas um, tão feliz pela derrota porque levantada da cama

– Dói-me a garganta.

o tubo tanto tempo a respirá-la que a dor me faria sorrir e ouvir antes

– Olá, Francisco. Voltei.

um

– Dói-me a garganta.

e a cara com alguma dor e o corpo ainda tolhido mas eu a ver que regressaria a casa porque regressara a dor de garganta.

E se?

Haverá algo que um homem possa fazer para merecer a vida de quem ama? Hoje perdemos. Talvez se eu me valer se possam trocar novas derrotas pela vitória definitiva.

Terça, 6

Depois de algumas semanas de solidão, tentei o menino perto de mim por querença. A Susana jazia, viva, no hospital e eu não conseguia velar o sono do menino, quanto mais dormir. Pedi à minha mãe – ou foi ela quem se ofereceu para a tarefa? já não lembro – para ficar com ele nos primeiros tempos. A desculpa era um contacto nocturno vindo do hospital que impusesse uma deslocação apressada – que nunca existiria se não fosse para anunciar a morte, sabê-lo-íamos. Frágil argumento: bastaria a minha mãe subir as escadas e olhar pelo sono do André enquanto me deslocava para as impossíveis melhoras ou para o inevitável. Mas, ainda assim, a razão
– Dorme descansado, Francisco, que ele fica cá em baixo.
dizia a minha mãe. Ele ficou talvez quinze dias. Eu nunca dormi, sequer cansado.
Quando, ao fim desses dias, o trouxe para casa, queria trazer a rotina e a Susana. Pensei que se me desse ao esforço do André poderia Alguém permitir-me o descanso das suas melhoras. Mas o que mais chegou com o menino foi a memória dela, não ela. A solidão é funda e dói.
Acordou duas ou três vezes nessa noite. Às cinco da madrugada para que lhe desse o leite. Despejei o doseador no biberão, vigilante da novidade depois de mais de duas semanas sem essa

rotina. E, sentado na cama, acomodei-o ao meu braço em silêncio. Ao lado, a cama vazia. Num quarto sombrio, numa madrugada tão escura, o menino ainda sorriu. Mas a ausência, o lugar despido no meu lado esquerdo, trazia com aquele inocente sorriso o odor de um futuro em que só a tristeza imperaria.

Tenho estado muito só nestes dois meses que por estes dias se cumprem. E, no entanto, o meu dia mais triste foi eram cinco da manhã e tinha nos meus braços o André, sua felicidade, fome e beleza.

Ele voltou na noite seguinte ao rés do chão. E eu à minha solidão desacompanhada, perdido este toma lá, dá cá – como o quarto é sombrio quando a madrugada existe sem sono.

Quarta, 7

E esta indiferença que me assalta.

Entrei no comboio, olhei ao longe a rua que me levaria a casa e fui. Disseram-me que poderia encontrar solução numa clínica no estrangeiro. Entrei no comboio pronto para ir buscar caravelas e uma vida mais doce. Mas esta indiferença que me assalta.

Entrei no comboio, sentei-me à esquerda para encostar a cabeça para o lado do coração. E mal iniciou a marcha, esta indiferença que ainda me assalta. Disseram-me

– Às nove da manhã o doutor recebe-o.

e eu vim de véspera, bem mandado. Estou no hotel, lá fora a língua enrola-se em sons ininteligíveis. Não responderei nunca. Não entenderei nada. Esta má disposição ou é sinal do que vem ou do que foi. Minto – talvez seja apenas o meu cérebro a confundir-se, a trocar os olhos por ouvir uma língua que não quer tentar perceber.

Lá irei amanhã. Com as radiografias, TAC, ressonâncias entregues como moeda de troca para a impossível salvação. Mas um homem agarra-se a tudo para conseguir agarrar-se a quem ama uma vez mais.

Quinta, 8

Podíamos até celebrar o aniversário do nosso casamento na data em que trocámos as alianças. Mas já faláramos disso
— Casámos quando nasceu.
  porque só se casa quando é impossível rasgar o cordão umbilical
— o nosso.

Há casais que nunca serão uma família porque nunca pais. Poderíamos ter casado, mas uma separação não traria nada que não fosse a partilha do sofá, de meia dúzia de livros, da mesa de jantar ou da televisão. Dividir uma casa é simples. Dividir um filho, impossível. Quando o médico lhe cortou o cordão umbilical, outro se ligou entre nós e para sempre, mesmo que invisível. Chamamos-lhe André.

Mesmo nos tempos mais tristes — que também os tivemos, se bem que tão poucos — nunca o destino nos separaria, sabíamo-lo. Mesmo se houvesse essa partida, sabíamos também que continuaríamos casados pelas traquinices do menino — uma criança tem o dom de juntar para sempre, mesmo que os choros possam ter ajudado a separar eternamente.

Sexta, 9

Sei bem porque me amou. Ama. Amava. Na piscina, casados há meses, a desentorpecer o corpo. Numa das tentativas para a acompanhar num dos seus anseios de vida mais saudável
— Ao sábado de manhã vamos nadar.
de touca na cabeça, a ser tão ridículo quanto é possível ser o amor. Fazia que nadava, ou que me prestava ao seu desejo de alargar os pulmões com a respiração da água. E brincava com a água, saltava, mergulhava, fazia o pino, e atirava-a como flores à sua cara. Entre sorrisos
— Para a próxima não te trago!
e um falso agastamento
— Para a próxima não te trago, Francisco!
amavas-me porque te fazia rir. Amas. Amaste. Assim negociava a felicidade como agora quero negociar a tua vida. Quem mo permite?

Sábado, 10

Já dois dias passados, já de nada vale esquecer o que não quero lembrar. O doutor não era de Vasconcelos mas um estrangeiro simpático que sorria para incautos como eu. Todos temos de ganhar a vida, e a deste era feita de
— Creo que puedo ayudar.
sorriso e esperança e tentativas ou
— Me temo que no queda nada por hacer.
numa existência bipolar porque não há lítio que altere a realidade dos outros. Sim
— Me temo que no queda nada por hacer.
ouvi. Colocou os exames na luz branca que nos cega ou ilumina, consoante a resposta que se observe. E a cara disse tudo antes de as palavras dizerem. A forma como se virou, depois da mão no queixo, atenta. O trejeito na boca, já em comiseração e o
— Me temo que no queda nada por hacer.
explicando na língua enrolada o que já não percebi — era outra vez de Vasconcelos, o senhor doutor, mesmo que tentando segurar-me a mão por entre o nevoeiro onde caminho.

Voltei no mesmo comboio, com os mesmos exames na mão mas a esperança entregue no estrangeiro. Não me cansarei de tentar.

Até que o descanso se me imponha como uma evidência. Só mais um pouco, Francisco. Talvez os milagres aconteçam se pedirmos muito e dermos ainda mais em troca.

Domingo, 11

Talvez lhe corte o cabelo, está grande. Cresce como a menina, na exata proporção em que decresce o tempo. É domingo e os dias passam mais devagar.

Nos Bargos há jogo, hoje. Chamarei o meu pai para me acompanhar ao campo? Fomos nós, fomos sempre nós, o Fernando e eu, quem os incentivava a percorrer a ladeira de paralelo

– Pai, vamos?

três menos vinte têm a nobreza de um serralheiro e de um funcionário da câmara chegarem às bancadas com as equipas a regressarem dos balneários para o apito inicial às três em ponto

– Senhor António, vamos?

– Senhor Janela, vamos?

gritando desde o portão já com o meu pai aguardando do outro lado do passeio. Dois velhos, mesmo que novos – mas era eu ainda mais inicial, dois velhos, sempre.

Chamarei o meu pai e o senhor António? Estará também aqui o Fernando? Está sol. É um jogo pouco importante, faz-se a festa da subida, mas não me julgo capaz de festejar – o que se canta é a nova divisão em setembro, e nessa altura talvez já a Susana tenha descido à terra.

Talvez lhe corte o cabelo. Se não viver a felicidade do meu clube, talvez alguém aceite a minha provação para ajudar a

Susana. Talvez a minha vida pela dela – não é isso a felicidade? Talvez lhe corte o cabelo, demasiado comprido, mesmo para ela, demasiado hospitalar, demasiado sujo do cheiro do futuro. Talvez desça ao hospital

– Boa tarde, senhor Francisco.

já diz a menina da entrada sem pedir o livre-trânsito que trago sempre comigo. E talvez com isso consiga retirar-lhe o sabor predestinado da morte, tesoura em punho como uma espada para degolar o senhor de Caronte.

Sim, irei ao hospital. Levarei comigo uma tesoura, a da cozinha ou a da secretária – não há tesoura na casa de banho que na vez

– Porque não me cortas tu o cabelo?

a tesoura como uma lâmina a fazer-me a barba e o meu corpo e a minha vida ao seu completo dispor

– Hoje estás demasiado romântico.

levei-a, nova, para o escritório, onde sem jeito abre as cartas com as contas da luz, do gás, da água – não há tesoura na casa de banho.

Levá-la-ei. E, depois de as visitas nos terem deixado na paz do nosso novo leito conjugal, irei sentar-me à sua cabeceira. Primeiro, tornando irreversível a decisão, retirando muito do comprido que está. E depois do mal ou do bem feito, só terei de acertar o erro.

Sim, cortar-lhe-ei hoje o cabelo. Talvez assim alguém aceite a troca – este ato sacrificial

– Porque não mais curto um dia?

– Comprido sempre, Francisco.

esta lembrança da Susana para a Matilde – que não seja preciso retirar depois da gaveta as madeixas que levarei comigo. Talvez nunca seja necessário comparar o seu cabelo quando avó, mesmo se morta, com o da Matilde já mãe, crescida, oferecendo-lhe futuro e geração.

Talvez aceitem este meu e nosso sacrifício
– Comprido sempre, Francisco.
em troca da possibilidade de festejarmos em família mais uma subida de divisão.

Segunda, 12

Eu nunca deveria ter desligado a luz do corredor. Foi na primeira noite e como se se tivesse apagado o sol. Que poderei eu deixar de ganhar com este gesto – tudo está já perdido, afinal. Lembro: e a luz, faz sentido? O menino com a minha mãe no andar de baixo, a Susana no hospital, sozinha. Sozinhos. Mas disse-me que não, o braço estendeu-se ao longo da parede, tocou o interruptor que pendia desde o aparador novo, sempre tão difícil de alcançar – com a mesma mão que, todos os dias, o ligava num primeiro ato de entrada em casa. Desliguei-a. Era noite. Tê-la-ia ligado quando cheguei? Não sei. Não lembro. É muito fácil não lembrar. Mas impossível esquecer.

Terça, 13

Não fui pregar para outra freguesia. Embora o possa fazer se pregar valer a pena que me trago. Segui pelas estradas secundárias do concelho, é fim de tarde mas a noite demora quando os dias são tão longos como no verão. Visitei ruelas, conheci caminhos, percebi distâncias entre as vias principais, artérias sem capilares porque é pouco o oxigénio necessário para estrumar os campos e olhar por um telheiro. E foram quase sete. Vi ao fundo uma igreja, as pessoas entrando. Abrandei. Parei o carro – e se fosse à missa?

Tenho, a espaços, ido visitar a igreja junto a casa. Quase sempre à tarde, fora dos horários das missas, não me apetece
– Como está, senhor Francisco?
– Como estás, Francisco?
– Como estás, Chico?
sejam beatas, sacristão ou padre quem me encontrem. Ao domingo deixo-me em casa, vendo as pessoas passarem para irem rezar a salvação. A missa como ausência necessária pelas circunstâncias humanas, afastado de Deus porque me quero afastado das perguntas dos homens.

Entrei.

Lá dentro, a nave principal pequena, a igreja antiga como antigo o padre e parecendo cheia, vinte pessoas, se tanto. Confesso a

Deus, todo-poderoso, e a vós, irmãos, que pequei muitas vezes por pensamentos, palavras, atos e omissões. A mão sobre a mão, porque sobre a sua mão e o nosso coração – por minha culpa, minha tão grande culpa.

Entoada a récita, um pedido, uma salvação. Entrei na igreja para pedir, mas que posso dar eu em troca? Meia hora de algum recato, de meditação, como se fosse oriental – onde Deus? Ele virá para julgar os vivos e os mortos e o Seu reino não terá fim. Quero crer. Tanto. Prometo tudo. Se mo permitirem. Mas só o posso cumprir se me adiantarem as fichas. Quem pode provar que o jogo está viciado se não tiver dinheiro para investir? Dá-me, Senhor, a possibilidade, em vez de lhe ofereceres o eterno descanso.

Quarta, 14

E peço à Virgem Maria, aos anjos e santos e a vós, irmãos, que rogueis por ela a Deus, Nosso Senhor.

Ontem quase trincava a hóstia, num ato herege que me poderia valer a condenação. Ajoelhado, suplicando, a necessidade de quebrar Cristo para ver se voltava e ressuscitava os vivos e os mortos e o limbo onde o cilindro azul mantém a minha mulher. Não trinquei e Ele não regressou.

Ide em paz e que o Senhor vos acompanhe.

Graças a Deus.

E entrei na sacristia, o padre um desconhecido a quem pensei apresentar os meus pecados no anonimato que nem os separadores do confessionário em criança ofereciam. Ato de contrição, meu Deus. Mas não. Era velho. Olhou-me de alto a baixo

– Senhor Padre, pode-me confessar?

– Eu não o conheço. E o senhor comungou. Posso-o confessar, até porque bem precisa, que o seu último pecado foi ter tomado o Corpo de Cristo sem se ter confessado antes. Ou estava puro e nestes cinco minutos já pecou assim tanto?

ao

– Senhor Padre, pode-me confessar?

ouvi um

— Claro, filho. Senta-te aqui. Deixa-me só tirar os paramentos. Dona Dulce, feche por favor a porta da sacristia.

e sentei-me. Falámos como nunca falei com Deus, o padre velho, percebi que quase surdo e talvez por isso tão próximo Daquele por quem tantas vezes gritamos e que nunca – nunca – nos responde.

E peço à Virgem Maria, aos anjos e santos e a vós, irmãos, que rogueis por mim a Deus, Nosso Senhor

— Rezarei por ti e por ela, meu filho.

e Cristo afinal na ponta daqueles dedos, no fim daquelas duas mãos que me tocaram a fronte sem ma tocarem

— Eu te absolvo dos teus pecados, em nome do Pai, do Filho e do Espírito Santo.

salvando-me do que fiz quase tanto como do que penso.

Quinta, 15

Na faculdade não há férias. Só quando um mês, porque nosso, os miúdos para lá da escola ou a Caixa deixada entregue a outros para verem confiados nos seus cofres a féria, só aí as férias são uma coisa que se tem presente, lembrando. A faculdade é o espaço dos exames em setembro, mas de férias todo o ano. Antes, porém, ensinaram-nos a responsabilidade e as férias só eram grandes porque grande foi a nossa aproximação à escola primária ou ao liceu.

Hoje iniciar-se-iam as nossas férias.

A cada 15 de julho, era altura. Mesmo namorados, já permitido o pecado porque, queriam pensar os nossos pais que não partilharíamos a cama, tantos os amigos e amigas nos acompanhavam. Neste caso, com o Fernando e a Manuela, a Rita e quem viesse com ela – ele, ela, às vezes um plural estranho – com mais dois ou três amigos ou casais, nesse caso tudo seria casto porque longínquo

– Não gosto nada das confusões dos festivais de verão.

dizia dona Carlota. Ou

– Vejam lá as saídas à noite

respondia a minha mãe, como se à noite não regressássemos e dormíssemos ou ficássemos muito acordados.

Hoje iniciar-se-iam as nossas férias.

A cada 15 de julho, já casados, o aparthotel no Sul e duas semanas de entardecer o mar calmo, uma criança que corre na maré baixa como hão de correr as nossas – e mesmo que só eu as veja, fá-lo-ei pelos dois.

Hoje iniciar-se-iam as nossas férias.

Já com o André, mas o entardecer ainda raso no mar todo à superfície. Amantes, amores, idílio. Ou se nem tudo, de tudo me lembro assim e tudo esqueço. Sim, amantes, muito. Sempre mais nas férias, sozinhos. Quase tanto como na faculdade, onde a visão de outros no som dos quartos contíguos te inundava o corpo.

Penso: e se Te desse em sacrifício a criança que corre pelo mar abaixo? E se ela fosse, como vai ser, o André e me dissesses Tu

– Teu filho pelo teu amor.

o amor a um filho diz-se incondicional. Mas à nossa mulher pode impor condições. Poderei eu dispor do André para manter o teu amor?

Hoje iniciam-se as nossas férias. Serão as mais pacíficas de todas. Não haverá mar, nem amor, nem sexo, nem a criança que voa paralela ao horizonte e onde, como se Marte, entardece quase gomo de laranja, ao fundo.

Sexta, 16

Contra todas as expectativas, a Susana amamentou o André durante três meses. Mas a vinda do novo ano obrigava a nova dieta, secou. Ele não desistira, mas o leite desistiu e ficou-se. Misto de mãe e mulher, amor e talvez demasiado amante, a Susana. Não sei. Porque só quem ama se dispõe a dar de si desta maneira dolorosa
 – Não imaginas, Francisco, raios partam o moço!
impensadamente, talvez.
 Ano novo, vida nova. E o menino a Cerelac, a aprender a primeira lição: viveremos sempre sós, a partir de agora, André, já nunca mais haverá quem te alimente de si.
 A Matilde cumpriu vinte e duas semanas de gestação. O senhor doutor de Vasconcelos, do alto da sua bata tão branca – não sabia que o inferno permitia diabos tão imaculados – o senhor doutor veio e disse
 – Está enganado, sempre assumimos totalmente que a preocupação é a vida do feto.
 chama-se Matilde, cabrão.
 – Está enganado, sempre assumimos totalmente que a preocupação é a vida do feto e não a da progenitora.
 chama-se Susana, meu filho da puta.
 – E alguma vez foi, senhor doutor de Vasconcelos?

mas ele já em foxtrot, de costas, saindo da nossa beira em passo acelerado que há mais gente a quem irritar no hospital
– Não.
que a morte é cerebral.
Se assim se cumprir o futuro, ela nascerá em setembro ou outubro. Se se cumprir parte dele, já em agosto. E aprenderá logo a lição mais importante de toda a vida: não só a solidão como uma faca porque a mãe morta, mas também o leite como nada.
Há crianças, e há muitas, que não mamam. Dantes existiam amas de leite que cumpriam a função, agora instrumentos tenebrosos que sugam o leite das mães ou concentrados em pó que com água se desfarão na boca. Mas todas elas – sem exceção – sentiram uma gota que fosse para a gravar no sangue, uma homeopatia orgânica que lhes dá defesas para toda a vida. Permitir-me-á Deus que ela viva – não peço tudo, não que viva tão absoluta e eternamente aqui –, que ela viva pelo menos um pouco mais para inundar o sangue da menina de uma gota do seu leite?
Por uma vida com ela, Senhor, podes impor-me uma vida sem eles. Estou aqui para Ti.

Segunda, 19

Comigo não levei mais que uma muda de roupa e a esperança. Quem me fazia a mala já não está e eu há muito tempo que também já não estou aqui. Ou se estou é apenas para tentar.

Fomos em direção ao Norte. Fizemos o caminho como um retiro. Não houve mala com tudo o que só a Susana se lembrava – com aquele cartão que dizia sempre

– Gosto de ti.

– Não te esqueças de mim.

– Anda rápido para casa.

apenas uma mochila e um pedido: será que o meu sofrimento pode amenizar o dela? Será que a minha prece pode resgatar a sua vida?

Caminhei. Entrei na igreja em Santiago. E lá pedi como nunca. Saberei em breve se as preces são atendidas. Disse-me o Fernando que a dele foi a mesma.

Terça, 20

Chegada à urgência, 5 de maio, a Susana não morreu, respirava ajudada pelos tubos que a inundavam. Os médicos pareciam resignados. Perguntei à Ló, que com ela estudou no liceu e no hospital se empregava na cantina, se me poderia ajudar. Disse que não. Que só os médicos sabem, ela acrescenta apenas as refeições aos seus cuidados. Mas eles nada diziam.

    É noite e escrevo. Anoto neste caderno a solidão, lembro. A Susana há de acordar do seu sono pesado, a Susana tem ainda de acordar, mesmo que todas as esperanças pareçam infundadas, mostrar-lhe-ei o que sente um homem tão só. Escrevo para desistir, por certo. Ou então para que não morra. Não parece, mas é o mesmo.

Quarta, 21

De pequeno, habituámos o Tucho ao quintal. No tempo mais frio, à loja, onde dormia aconchegado. Solto, brincava como queria entre os verdes, ladrando aos pombos, até que a eles se habituou. Era vê-lo muito parado, num sábado, a entender. Acabou de latir e tentou perceber. Eu e a Susana cá em cima, achando estranho o silêncio de um momento para o outro. E ele, num instante, levantando-se e aceitando os pássaros – nunca mais lhes ladrou, vimo-lo inundado de paz.

Às vezes, trazíamo-lo à parte da frente da casa. Ainda pequeno, descia as escadas rumo à entrada da dos meus pais, tentando como criança passar a rede quando o portão estava fechado. Depois, quando percebeu, deixou-se estar. Sabia que o ia levar antes à bouça, onde poderia brincar com um ou outro osso que lhe atirava para o meio dos arbustos. Saltava, brincava, queria. E depois, olhando, língua de fora, ofegante e feliz, deliciava-se a enterrá-lo.

O Tucho no quintal. Deixo-o estar. De alguma coisa me valerá alterar o que decidimos? Notará alguém o afeto que vou ganhando ao cão a cada dia que passa? Já me tentei a trazê-lo para cima, acompanhando-me a tristeza. Mas percebi que, se não tenho comigo o meu filho, porque hei de ter um cão? E penso: talvez Deus permita que esta decisão traga antes um filho, uma filha e uma mãe para cima. E, se assim acontecer, até o Tucho.

Sexta, 23

Posso prometer uma coisa: tentar. É-me difícil pelas hormonas, imagino. Ou por algo que me impede a mesma libertação. Nunca foi preciso tratar, que o ajuste aconteceu naturalmente. Mas sei que se ajustou mais a Susana do que eu.

Eu queria, sempre quis – como não, se sou homem? Mas sempre menos do que o habitual no género. E casei com a Susana, libertou-se o sorriso de anjo, onde o corpo era lugar de fascínio e prazer. Ajustei-me. Ajustou-se. Descansou. Mas eu prometo tentar. Volta para mim, meu amor, e tudo se passará como quiseres, esquecendo as inibições que me conheces para cumprir os desejos que são os teus. Não te irei falhar mais, entristecer mais, desajustar mais para que te aproximes do meu pouco querer.

É altura de soprar este nevoeiro que, mesmo em julho, inundava antes o que me pedia sem pedir. Vou voltar. Também à Susana, mesmo que nunca lá tenha estado como ela sempre o mereceu.

Sábado, 24

Ou então não. É de manhã. E a promessa não precisa da Susana, onde o nosso desejo pode não ser o Teu. Se assim O desejares, Senhor, seremos bem mais casados do que dantes, filhos os que vierem sem os cuidados que Tu impões. Cuidados maiores na luxúria porque foi essa – ah Deus, como pôde! – que acabou por precipitar
   – Sim, o mais provável é ter sido um efeito – raro, é certo, mas pode acontecer – da gravidez.
   as palavras do médico, esse filho da puta.
   É de manhã e praguejo, Senhor. Prometo diminuir os cuidados, retirar pílulas ou preservativos da dieta. E diminuir esta revolta.

Domingo, 25

Onde andará o senhor Almeida?

Faz hoje cinquenta e cinco anos o que dizem ter sido o pai da Susana. Primeiro marido da dona Isabel, casou e ela acabou por nascer de três meses, mais um milagre dos tantos a que nos habituou a igreja da freguesia. Não tinha sido fácil convencê-lo a assumir que tinha alguma responsabilidade, mesmo que se soubesse quem abrira as pernas vezes sem conta. Sempre as abriu e para muitos, mas feitas as contas

— Foi ele, mãe.

e o cinto da dona Carlota de nada valia porque, sem pai, ser mãe custa mais, o senhor Artur longe, o velho Fidélio perto demais

— Tens a certeza, minha porca?

diz-se por entre dentes quando se conta a história, o cinto a seguir trocado por um pau de vassoura e o Almeida

— Eu caso! Eu caso! Eu caso!

a madeira encolhe as costas e tudo certo como Deus quer e o senhor padre obriga.

Cinquenta e cinco anos. Quantos de ausência? Mais de trinta, com toda a certeza, que ele aguentou pouco as obrigações de esposo, de genro e a mulher em casa. Isabel muito dada, sempre – se pouco à caridade cristã, bem mais à caridade que lhe mereciam os homens.

Onde estará o senhor Almeida? Ninguém sabe. Mas de dois diabretes nasceu um anjo. Que agora vai morrer primeiro.

Não é natural uma filha morrer antes dos pais. Mas, para tal ser verdade, é preciso que os pais ainda se lembrem que a têm.

Segunda, 26

Há uma cadeirinha no banco de trás. Está à direita, de maneira que o espelho retrovisor permita que melhor se veja tudo conforme. Obrigava-a, bem sei, a virar-se em esforço para tocar o André, lhe dar água, um pequeno carinho, limpar o que sujara como se esperaria dos meses que contava.

Agora, penso: não mais ela para se virar e duas cadeiras atrás. Passo o André para o outro lado para dar mais atenção à Matilde? Como se pode escolher entre dois filhos? O amor que tenho ao André é apenas maior pelo quotidiano – existe há mais tempo. O da Matilde está ~~tolhido pelo que fez à mãe para existir – conseguirei sequer amá-la?~~

Que pensas tu, Francisco? Apaga, risca. Daqui e de ti.

Quarta, 28

Todas as semanas, o foco. Uma ecografia. Saber a Matilde viva porque se ouve o batimento do coração. Morre a Susana, por momentos. Que o coração dela pare para que se ouça bem de quem vai viver. Que pare assim nasça a menina, se isso deixar que ela respire. Trocarei a vida dela pela dela?

Sábado, 31

Acabaram-se as férias, Susana. Não consigo pedir mais. Não consigo mexer os pés na areia, inundar as mãos do barro que lhe constrói castelos. O mar é demasiado forte para permitir que o fosso aguente.

Não consigo. Chega. As férias acabaram porque acabariam sempre hoje. E acabei eu. Desisto. Deixar-me-ei ficar até que seja possível construir na praia a eternidade com as mãos. Se impossível, impossível é também pedir ao mar que a não leve. E a criança, continuará a correr feliz sobre a água, pairando?

Véspera

Vai-te foder, Paulo. Mesmo que te sinta mais perto do que há anos. Quando casaste com aquela puta, esconjurei-te o corpo, a vida, o sexo. Desejei-te todos os dias. Falei com a dona Clóvis para te tirar o tesão. Levei-lhe uma peça de roupa suja que arranjei como uma ladra e um cabelo que te arranquei sem notares. E filhos? Nenhum.

***

Mas mando-te foder por teres desaparecido como um cobarde. A puta morreu, finalmente. Porque não voltaste para mim? Esqueceste o coberto onde atrás da lenha fodias?

***

Sento-me onde pousava as mãos. Dobrada, empinava o cu para te sentir mais dentro. Vezes sem conta me sentei sozinha aguardando a tua chegada. Mas tu tinhas escolhido uma puta que não era, de certeza, mais puta do que eu. Nunca chegaste. Ou no dia em que apareceste, ela morta há oito dias, foi, para, como um cabrão insensível, anunciares que não voltavas.

***

Estas folhas escondidas no fundo da gaveta das meias junto com a tua fotografia.

***

O que mais me fodia era a tua falta de coragem depois de te aliviares. De coragem ou de sentido, a moralidade que parecias receber na proporção com que te vinhas.

No fim, fosse atrás da lenha, nesta cama, na adega ou na casa de banho, dava-te um acesso de juízo que trazia sempre as palavras temos de parar, foi a última vez, Conceição, pelas razões conhecidas com que afrontávamos Nosso Senhor.

Eu, ainda quente, queria lá saber do que dizias. Nunca deixaste de me satisfazer, mas enquanto apertavas as calças e falavas essas palermices sem sentido, eu só pensava quando estarias tu pronto outra vez.

***

Os meus pais nunca sonharam o que nos acontecia. Quem um dia lesse estas linhas pensaria que foi só carne. Mas tanto eu como tu sabemos que foi bem mais do que isso. Desde os teus seis anos que te dava a mão para irmos comungar. Mas senti que a partir dos treze também tu ma apertavas com a força do amor. Corpo de Cristo.

***

O que mais me irritava era essa santidade hipócrita. O Paulo entregue a Deus desde menino. O Paulo vai ser padre. O Paulo a crescer no seminário da cidade. O Paulo a foder-me entretanto, e a batina de Deus. O Paulo a deixar a igreja por minha causa, pensava. O Paulo a deixar a igreja por sua causa. E depois por causa de uma tal Beatriz que não lhe podia dar mais do que eu. Fizemos tudo. Tudo. Dei-te cada centímetro da minha pele, da minha cona, da minha boca, do meu cu. E tu repetidamente me ungiste com o que era mais teu. Em cada centímetro de uma pele, de uma cona, de uma boca, de um cu que eram teus. Só teus.

***

De certeza que se matou, aposto. Não sou eu, não fui eu sempre a única a aguentar os teus afagos mais fortes, a tua amorosa crueldade, o teu corpo e a sua violência sobre o meu?
Eduquei-te bem, meu amor. Eduquei-te bem.

***

Foi no coberto, foi na casa de banho, foi na minha cama, que visitavas vezes sem conta. Em nosso segredo – só eu, tu e Deus Nosso Senhor, a quem pedíamos perdão todos os domingos. Só sexo, afinal os corpos gemiam de prazer. Mas a verdade, cabrão, é que te amo com cada pedaço de pele onde tocaste – e tocaste em todos eles –, assim como sei que me amas também. Essa vaca que te levou foi só um pedaço de tempo roubado àquele que voltará a ser nosso. Quando regressares.

***

Os gritos eram por vezes bem audíveis. Ao fim da tarde, quando o meu pai ainda estava na fábrica, a minha mãe visitava mais uma vez a vizinha, o Joaquim já entronizava Deus no corpo como primeiro padre de uma família que ainda teria outro – tu. As frases que repetíamos um ao outro como dois animais em cio. O que iríamos fazer os dois com mais gente, um dia. O que fizemos entretanto um e outro, sozinhos, a pensar no corpo de um e no corpo do outro que faltava. Abria a boca e saciava a minha fome com o lanche que tinhas preparado durante horas no teu corpo.

※ ※ ※

Já apontei num destes papéis, atirado para o fundo da gaveta das meias – voltaste para dizer que não voltavas. Ela morta há dias e tu como se o sentisses. A tristeza não era a morte dela, era a última vez – dizias tu; repito, dizias tu – em que nos tocaríamos. E tocámos. Com ela ainda quente, morta há tão pouco tempo, esfriaste antes o meu calor. Atrás da lenha, uma vez que repetiste ser a última. E regressaste sempre para outra última.

※ ※ ※

Nunca engravidei. Ou se engravidei foi sempre por pouco tempo e com o corpo a colmatar os atrasos por si só. Será que era por sermos eu e tu? Ou porque Deus estará connosco no segredo que mantínhamos dos outros?

※ ※ ※

Quando eras novo, também tinhas a sua piada. A adolescência nos rapazes é proporcional à ansiedade e esta ao tesão. Eu ainda não era uma mulher, mas com dezoito, dezanove, vinte anos já sabia bem o que me fazia falta. E tu, nu desde criança nas brincadeiras no tanque das traseiras, eras precioso demais para ser desperdiçado numa cachopa qualquer. Não te vieste a primeira vez – que tinhas tu para isso com treze anos? Mas soube-te pronto para que isso acontecesse em breve. E aconteceu.

***

Nunca te afastaste aos meus avanços. Eu também brincava, há anos, nua no tanque das traseiras.

***

Ver-te crescer foi uma dádiva que Deus me deu. O sexo, vezes sem conta. Do corpo imberbe à voz grossa de um rapaz quase homem. Cheiravas a leite, menino pequeno de pele tão branca. Mesmo quando ainda não te tinhas vindo. Depois, cheirava eu.

***

Agora, Paulo, já podemos assumir o nosso amor. Chega-te aqui, vem ter comigo, volta da tristeza para onde dizes ter ido. É certo que os meus pais ainda estão vivos, que para eles será difícil aceitar o relacionamento da única filha com o único neto. Mas que culpa temos nós que o meu irmão tenha morrido e tu tenhas ficado em Candeeira para ser criado por eles?

Criado por eles, ensinado por mim. E eu eduquei-te bem, meu amor. Eu eduquei-te bem.

Conceição Antunes, 29-11-1982

Agosto

Domingo, 1

Vínhamos à Barrinha com alguns amigos. Eu sentado na areia, o mar encrespado e invernoso debatia argumentos com a costa. Pensava na filosofia, no ano a terminar, nos livros que iria um dia escrever, as leis universais, a verdade revelada e tão racional. Falhei todo o discurso de meus anos, sei bem. Mas construí entretanto a pequena família que o menino é comigo, um amor santo, casto, sereno e verdadeiro, num casamento fiel a mim próprio. Consegui-o com ela, sem a Susana não seria possível um sorriso que fosse. Calma, casta, serena, santa. E não há livros que valham a lembrança do abraço enquanto estava sentado, o mar a encrespar. Chegou, vindo do futuro, feliz e a existir. Abraçou-me o tronco, os cabelos caíram sobre o meu peito, beijou-me o pescoço. Não afrontes tanto o mar que ele zanga-se, Francisco. E consentiu a metáfora que selou toda a nossa vida.

Segunda, 2

Os nossos gestos repetidos, capazes da definição inteira do amor.

Terça, 3

Encontrei hoje um rato morto à entrada de casa. No pequeno canteiro que guarda o portão verde-claro das escadas que levam ao primeiro andar. Estendido, o rato terminou ali a sua aventura. Os olhos entreabertos, mortiços – como ficarão os dela no dia que aí vem? Da boca saíam já alguns insetos que procuravam no seu corpo o festim da vida. Há vermes, bichos, seres sedentos de sangue interrompidos no mais fundo da terra. A Susana será enterrada. Dois dias depois do óbito, querem ter a certeza do trombo, autopsiar o corpo, retirar ciência, dizem – ela aguentou meses a incubar a Matilde, repetem. Pensei já tanto esse momento que o viverei como se num sonho. Num pesadelo – quem fica com os meninos?

Quarta, 4

Morreu hoje o Augusto Belo. Foi o Fernando quem tocou à porta da casa dos meus pais a dizer até que enfim. O que mais se ouve é já não era sem tempo. O homem sempre foi intratável, a única que o conseguia aturar era a dona Cidinha, mas também ela desapareceu, vem desaparecendo aos poucos, que a velhice pesa. Respeito ele só tinha pelo meu pai, o Janela defesa-central do clube da terra. De resto, tudo vazio, ninguém que lhe desse sequer possibilidade de um afeto, seja dele ou para com ele. Nunca se soube a verdadeira razão para o eremitério a que se votou há mais de vinte anos. Tinha publicado dois ou três livros no início da década de oitenta, um deles um sucesso – *Rua da Castela* –, a glória parecia estar a um só passo. Contava-se à boca pequena que foi por vergonha, mas nunca se soube de quê – e isso era coisa de que ninguém falava verdadeiramente, muito menos entre a família e ou os de fora. O silêncio era ensurdecedor entre mim e o Fernando, o seu irmão era como um fantasma que pairava diariamente na nossa longa amizade. Mas depois de algum tempo habituávamo-nos a ele. Como o da Susana que, todos os dias, quando abro a cama para me deitar depois de deixar o menino na casa dos meus pais, me diz num barulhento silêncio

– Não te esqueças de fechar a porta do armário antes de te deitares.

e eu, como demonstração de bom ensinamento, tiro a almofada em que me afogo e, vendo a outra lá deixada, choro.

Quinta, 5

Não demoraram os Belo a enterrar o filho. O Fernando indiferente, o pai de semblante muito sério mas nem por isso pesaroso. A dona Justina deitou conta às galinhas, à sua cadela Pequena e ao quintal até à hora do funeral. O corpo ao lado de nossa casa, já dentro da igreja que não valeu a pena sequer passar pela capela, no meio apenas um pequeno campo. E a solidão do Augusto na vida – procurada, mal entendida – acompanhada na morte pela mesma ausência.

Éramos contados quase por uma só mão. O senhor António, a dona Justina, o Fernando, a Manuela, os meus pais e o Toyota, claro; a dona Cidinha nem ao cemitério foi – mesmo a dois passos, são passos que mais de oitenta anos já custam dar, quando a falta de vontade pesa ainda mais do que a velhice. A dona Carlota, mãe de uma Isabel que se diria minha sogra, chorava em adiantado as lágrimas pela neta. O Fernando abraçou-me fundo pela anunciada morte da minha mulher, mais do que pela morte do irmão que sempre o afastou – uma só lágrima caía-lhe cara abaixo, eu quebrei.

Afastei-me do cemitério agarrado ao meu amigo. Viemos até casa dos pais dele. Com a avó no quintal a deitar conta às galinhas e a dar um ou dois ossos que sobraram do almoço à Pequena, deu-me um pouco de água com açúcar, eu parecia uma daquelas mulheres que sempre esconjurei pela falta de sentido social em momentos como este

– Ainda bem que o teu irmão era a peste que conhecemos, pelo menos a minha vergonha foi só familiar.

disse. Ele sorriu um pouco, passou-me mais um lenço e cortou um pouco de boroa. Como se fôssemos outra vez crianças, colocámos sobre a boroa a marmelada roubada aos seus pais e comungámos a morte que se adivinha.

Sexta, 6

Pego na mão da Susana e conto-lhe da morte do Augusto. O que aqui quero direto e sem lamento, no hospital é envolvido numa litania solitária.

O funeral do Augusto foi muito duro, digo-lhe. Serás tu daqui a uns meses. A mão sobre a mão sobre a mão.

Não falemos nisso – e cerro um pouco os olhos, inspiro.

A mão sobre a mão sobre a mão – falemos antes de como os dias quentes estão aí, como o sol está no zénite, como as praias se enchem de gente, como havemos um dia de fazer o piquenique que sempre adiámos.

Não.

Sábado, 7

Eu sei, Sandrinha, que não fez por mal. Mas por favor nunca mais me pergunte tal coisa. Eu não consigo sequer pensar no que é, quanto mais perceber ou aceitar o que vai ser. Como vou eu viver depois? Será altura de começar a perceber a morte? Não sei, Sandrinha. A morte só existe quando a percebemos definitiva. E se eu a perceber um pouco que seja, estou a permitir que se defina no meio do meu amor. Não, Sandrinha, não me pergunte mais se vou viver depois. Só quero morrer com o meu amor. A morte é sinónimo do amor.

Domingo, 8

Quente. Demais. No Norte também há verão, às vezes. Assim hoje. Suo. Ela quase despida, um lençol apenas. Não que o calor entre na câmara refrigeradora. Mas porque até a enfermeira Cristina se engana e o sente

— Está tanto calor.

quando lá entra para lhe acertar a vida pela nossa. Ela quase despida, sempre. Um lençol – sempre. Mas com o calor de hoje tudo isso mais conforme.

Fui como todos os dias vê-la deitada. Como todos os dias, entrei e saí – sem esperança nem modificação. Não corro, vegeto. A minha gravidez sem mais que não seja o pior – não comer, deixar-me idêntico no fim adiado e determinado. Ninguém. Ninguém pelo seu quarto, mesmo que visitas a mais ao domingo. Há sempre quem decida ocupar um dia de calor e de sol em câmaras refrigeradoras por simpatia para com um morto ainda vivo e uma mulher morta que ainda respira. O Fernando, a Manuela, o Rafael não – ficou com os avós, as crianças não devem saber ao que vêm. A Rita.

Rita, poucas amigas teve ela como tu. E o pretérito usado porque não conheço hoje outro tempo para falar da Susana. Ontem estiveste cá, vinda de Paris onde moras com a tua Sophie. Pediste-me um momento a sós, choraste. Tocaste-lhe a face, ajeitaste-lhe o cabelo, beijaste-lhe a testa e as lágrimas caíam-te e os seus olhos fechados já para sempre

– Dás-me um minuto, Francisco?

claro que sim, a amizade é uma coisa indestrutível, nem a morte vos separará.

A morte só separa quem desiste de viver, as forças de amar perdidas. Assim me sinto eu, vivo, morto sem qualquer vontade de perguntar

– Rita, a tua mãe, como está? Sempre vai para o lar?

já eu morto e tu apenas com olhos para a tua melhor amiga, que a dona Conceição se apague num lar qualquer mas que o amor que é meu e que é teu não deixe apagar ainda mais a felicidade. Como, se já não há luz, nada há a diminuir quando a tristeza é tanta que o sorriso se perdeu para sempre na fossa das Marianas?

Segunda, 9

E o Fernando chegou atrasado. Pediram-me e convenceram-me a subir as escadas que levam a casa do senhor António e da dona Justina
— Ele faz anos hoje, Francisco. Ficará tão feliz por te ter aqui.
e eu fui. O Augusto, esse, metido no quarto ou no cemitério, o mesmo há anos. Morto há dias, já ausente da vida há tempo suficiente para
— Puseste-lhe um pouco de bolo à porta?
a dona Justina sempre mãe, mesmo se sem filho para ela
— Ele morreu, Justina.
e os olhos inexpressivos, a cabeça inclinada, os lábios um pouco retraídos em completa
— Esqueci-me. Onde ando com a cabeça?
mesmo que só pensando, a expressão diz tudo do desinteresse.
O Fernando, no entanto. Já a mulher e o Rafael a inundar de sorrisos a casa, eu e os meus pais, a dona Carlota e o senhor Fidélio tão longe fisicamente um do outro como perto em cada tentativa de não trocarem um só olhar. E o André. Quase um ano, a cumprir amanhã, dia seguinte ao do meu velho e talvez único amigo, tão diferente, tão outro e por isso tão eu que a história conjunta matiza as diferenças.

Chegou esbaforido, como se viesse de onde não devia ter ido. Tão esbaforido porque demasiado calmo e
— Desculpem o atraso.
— Mas que se passou?
— Nada de mais, um problema com o carro.
— Mas está tudo bem?
— Sim, chamei o Clides, ele tratou.
— E não podias ter ligado?
— Estava sem bateria, desculpem.
— Ai se não fossem os teus anos hoje, rapaz!
o interrogatório da Manuela e o perdão da mãe, chamando-lhe rapaz porque um filho nunca se torna homem.

Lá cantámos a festa. Não houve. Para mim só nada. Nada. Há muito tempo que já não estou cá. Lá fora o cemitério, que da casa do Fernando se vê ainda melhor. As velas no dia de todos os santos, iluminando as almas enterradas, dando-lhes por um único dia mais alguma luz. Hoje, da casa dos Belo, só algumas delas alumiavam pirilampos, as que as viúvas querem que nunca se apaguem ou as que vêm festejar o aniversário sem bolo — nem cantando, nem pondo bolo à porta de um morto que se entendia vivo. Olho o cemitério. A campa do Augusto está tão escura como eu.

Terça, 10

E se ontem foi, hoje ainda mais. É o menino que se quer festejar, e ele não tem culpa que a mãe já não seja. Pedi recato mas não mo deram

— O menino não tem culpa, Francisco.

e como ignorar um argumento assim? Gritando, talvez

— Mas eu também não.

ao que

— Deixem-me, não quero mesmo brinquedos.

mas quer ele e merece. O meu último brinquedo seria poder brincar com o André, com a Matilde, com o Tucho. Mas não sozinho. Esta solidão povoada, Deus meu. Acompanhado, e não me digam pelo anjo que os protege e está no céu e que se chama Susana. Os anjos, se existem, não diminuem nunca a tristeza, apenas acrescentam lembrança ao que queremos esquecer.

Voltámos todos. E ali estivemos, na casa dos meus pais como ontem em casa dos Belo. Desta vez cheguei eu tarde mas não fazia anos. Ainda assim, não tive uma mulher a censurar e perguntar

— Mas que se passou?

essa a razão do atraso. Estive sentado tempo demais à sua cabeceira. O aniversário do André é mais seu do que dele. Foi ela quem lhe deu a vida, se há alguém que merece parabéns é a

Susana, não o pirralho que não se cala porque já chora a ausência da mãe quando ela ainda não foi, está. A poucos quilómetros de nós, sabemo-lo. Mas já muito mais perto do longe, também o sei.

 Queres que escreva, Susana, como foram as prendas? Um carrinho para encher a casa do barulho infantil, indo nele contra as portas e os rodapés das paredes. Meias da dona Carlota, claro. Dois ou três brinquedos mais – eu que nada lhe dei meu, antes sabendo-me de olhos tão fundos nas últimas semanas a dizer

 – Esta é do teu pai!

 e o André a olhar para mim feliz e a avó em comiseração

 – Abre.

 – Papá.

 e a cabeça caindo sobre o peito

 – Chico, deixa-te de merdas, é o teu filho, caralho!

 sempre o Fernando a tentar o abraço para me trazer para cá, outra vez. Vim. Um esgar de um sorriso. Ela morta e viva. E para o ano dois anos, depois três, trinta, cinquenta. E eu sendo pai, mãe e o que tiver de ser para o pirralho e para a menina. Talvez consiga. Embora não acredite nisso.

Quarta, 11

Às sete em ponto o padre entrou na igreja. Éramos talvez uns três ou quatro pelas razões certas, mais uns dez ou quinze pelas de sempre. As beatas tentando salvar a vida, pensando a salvação na morte, todos os dias. Eu, o Fernando, a mãe, a dona Carlota. O meu pai a olhar pelo menino, que a morte vale menos que a vida, mesmo quando se trata do Augusto, cuja vida valeu tão pouco.

As intenções

– Por Augusto Ferreira Belo, em missa de sétimo dia. Por Ermelinda Cunha, em trigésimo dia, e por uma intenção particular.

olho em volta, há mais gente para os trinta dias desta Ermelinda do que para os sete de um homem que, pelos vistos, não foi na vida e não será na morte. Mas olho novamente e, perante os gestos, de quem a intenção particular e tão anónima?

A missa das sete já é rápida por natureza. O padre tem mais do que fazer do que aturar beatas e intenções caídas na semana por o azar da morte não ter sido ao domingo. Ele é conhecido por atrasar missas de sétimo dia para a missa do dia santo, mesmo quando a morte é à sexta ou ao sábado. Mas o Augusto morreu, não havia como adiar ou atrasar a contagem e lá teve de ser.

A leitura é só uma. A homilia é nenhuma, que nada há a explicar aos dois grupos de gente que por lá se deixam – as beatas sabem tudo, quem vem em contagem de dias e por respeito mais aos vivos que aos mortos não percebe nada, mesmo que o padre explique.

Eu lá me deixei. Foram nem vinte minutos de rito e liturgia
— Ide em paz e que o Senhor vos acompanhe.
ouvi. Respondi
— Graças a Deus.
mas já há muito que deixei de negociar com Ele o que quer que seja pela Susana. A intenção particular era a minha, sim. Mas mais para adiantar a missa de sétimo dia da Susana do que para pedir a salvação de quem ainda respira assistida pela presença da Matilde no seu útero.

Quinta, 12

A casa. Em baixo, o canteiro. Algumas flores. O sol desponta. E a minha mãe acolhe os raios no pátio da entrada. Na bouça, os pardais respondem saltando de ramo em ramo. São oito da manhã e a noite foi enorme e escura. A casa e o seu silêncio. As traseiras e os seus pombos. A solidão como uma faca.

Sexta, 13

Quando a Matilde nascer, assim o faça no tempo que desejo, será balança. Dias depois, assim se cumpra o inevitável, morrerá a Susana. Acredito tanto em signos do zodíaco como no sol que lá fora brilha poder vir a ter novamente força para me aquecer o coração. Choro, sim. Mas pergunto se a data da morte significará alguma coisa como balança para a eternidade.

Sábado, 14

Mas sei que não tenho chorado tanto quanto devia. A tristeza mede-se em lágrimas, não foi assim que me ensinaram as carpideiras atrás do andor na procissão de Nossa Senhora dos Remédios? Mas faltam-me lágrimas. E como queria, confesso, poder dizer que é porque as gastei, trazer tudo o que de dramático possa para o estado letárgico em que me sei encontrar. Mas não. Foi ainda antes de tudo ter sido o que agora é
— Porque fechas tu tanto os olhos, Francisco?
e eu sem entender
— Andas bem?
quantas vezes fecha um homem os olhos durante o dia antes de os fechar à noite? Mas era verdade. Chamou-me a Susana a atenção para a maior frequência com que procurava alguma coisa com um tímido cerrar das pálpebras. Eram as lágrimas que desapareciam.
A Susana, perspicaz e sorridente
— Mas quem te terá feito chorar já tudo? Eu não fui!
e sorridente porque sabedora da vida que tínhamos, o choro como um deserto.
Fui ao médico. Tirar definitivamente os óculos — por algum futuro que fosse, disse-me — como o fizera eu há alguns anos, tinha sempre efeitos possíveis e secundários e a seu tempo. A mim, retirar quatro dioptrias com uma cirurgia muito moderna, muito laser

– Que cheiro é este?

muito carne queimada e o olho a ver tão aberto que via nada, tinha, anos depois, levado as lágrimas. Não quis crer. Mas também não procurei outro motivo para a evidência. Daqui em diante as gotas acompanhar-me-iam como uma segunda pele na íris tão árida.

Sei que não tenho chorado tanto quanto devia. Mas também sei que não são só os sacos lacrimais que o impedem. É antes este fundo onde estou, escuro, mariano como as fossas, o mar todo à superfície, pesando as costas de um homem e deprimindo cada segundo do seu dia. Mas nem por isso oferecendo uma gota de sal na água que deveria escorrer pela sua face. Choro sem ela, repetidamente.

Segunda, 16

Ouvi
 – Pai!
 Chamara
 – Pá-aaai!
e lembrar como será. O Rafael a dizer ao Fernando do seu novo estatuto, numa voz clara, um pai que vem ao chamamento porque o timbre é tão específico que o perceberia até no vácuo. Há algo naquele
 – Pá-aaai!
que me faz sofrer. Estarei algum dia capaz de distinguir o timbre do meu filho, de o ver crescer sem que me lembre como foi?

Terça, 17

Fui hoje aos Paços do Concelho, morreu o doutor Jaime Velasquez, o presidente da Câmara logo a seguir à Revolução. Há tantos anos era novo, dir-se-ia que ainda agora – sessenta e cinco anos de gente que o cancro levou em três meses sem apelo nem agravo
 – Pâncreas.
 ouvia-se à boca pequena para localizar a morte. Magro, como se parado desde maio a incubar uma criança. Sabia-se, claro, que aqui tudo se sabe
 – O doutor Velasquez.
 – O quê?
 – Está doente.
 – Não diga, dona Gertrudes.
 a dona Carlota na feira há umas semanas a ouvir as novidades
 – Dizem que não se safa.
 mas ao longe, que a ela ninguém diria
 – Dizem que não se safa.
 com medo que a mão no braço e o ar sapiente da dona Gertrudes fosse mal entendido pela pouca pena que trazia. Afinal, o doutor Velasquez era de todos mas de ninguém. E esse
 – Dizem que não se safa.

não precisaria de ser dito a lembrar gente, antes o presidente da Câmara

– Até fez coisas boas. E tão novo.

porque todos são novos se nos forem próximos.

E lá estava ele, o Toyota, a fazer a sua vigília, o emplastro funerário da freguesia desceu à Vila para carpir o seu sofrimento sobre o sofrimento da família, tão próximo que

– Este homem, valha-me Deus.

– Não o podem tirar dali, que ele desde a Ford Transit, sabe como é, senhora Velasquez…

muito pesaroso a olhar a urna e a dizer entre dentes

– Não. Continua morto.

sempre que levantava os olhos da boina que segurava com as mãos entre os joelhos.

Levarei com ele, eu sei. Estará na igreja ao meu lado porque a Susana lhe é tão próxima como o Mamede de Sobre Seara ou o doutor Velasquez, um choroso profissional sabe ao que vai, e o Toyota desde que velou a mulher faz disso ofício – bem disseram na altura que talvez não fosse boa ideia deixá-lo ir ao funeral.

E eu com isso? Ninguém no Augusto além dele, quase se podia dizer. No da Susana ninguém além dos outros, em que também me incluo – porque não serei eu. Só o corpo presente a ocupar espaço, eu e tu, Toyota, atropelados por uma Ford Transit chamada morte.

Quarta, 18

Os velhos gaiteiros? São apenas tristes. Deixo-os tristes e entregues à solidão um do outro – que possam um
 – Bom dia, senhor Fidélio.
 – Bom dia, dona Carlota.
 a tristeza é demasiada para sequer me importar com o pecado dos outros. Nem com os meus. Pecar é perceber que se existe, e hoje, quarta-feira, dia de verão cheio de sol, dia quente sem uma nuvem no céu, vento nenhum a mexer as folhas das mimosas na bouça em frente a casa, eu hoje só desejo ficar. Se os velhos que já foram gaiteiros querem percorrer o caminho até ao campo da feira como um casalinho adolescente, que o façam. Mas deixem-me ficar. Aqui, sem nenhum ar condicionado, na dor febril de a saber demasiado fria naquela enfermaria. Suo, entristeço, não bebo. Que me doa a garganta de tanto gritar em silêncio. Desidratem-me o corpo para ver se por um dia desmaio.

Quinta, 19

Quem nos lembrará? Pensei hoje nisto, insistentemente. A nós sim, haverá quem nos lembre, mas durante quanto tempo? Para sempre.

Temos um filho. Vamos ter outro – uma menina, linda e pronta para lembrar. Não sozinha, porque a doença também a ela um dia chegará – e a morte. Mas com a ajuda das fotografias, bastará que diga ao fruto do seu ventre

– Esta era a tua avó.

e a Susana continuará a existir. Que afortunados somos, poder-se-ia pensar. Seremos recordados para sempre. Li há anos que a existência é mais importante do que a vida. Não é. De nada me vale existir se não viver – nem a mim, muito menos à Susana, que conta os dias já morta e existente. Uma fotografia poderia lembrar, sim, mas não faz viver quem lá se encontra. Todos somos deitados ao esquecimento, com ou sem retrato. Ou achas, Francisco, que por alguém ainda lembrar a repa do cabelo da criança, o dente de leite que a define, é possível perdurar? Não é. Para sempre é mentira. E nem uma fotografia o tornará capaz.

A dona Carlota tem meia dúzia de retratos da Susana. Mas a velha interessa-me pouco. Com a Isabel esquecida da Susana logo que pôde e o pai sem nunca sequer a ter visto para lembrar, quem fica para poder falar do dente de leite e da repa do cabelo? E a infância é mais do que isso. Há tanto que se vive e existe além de um instante. E morrendo a dona Carlota, quem? Tudo esquecido. É a Susana quem desaparecerá mais uma vez. Depois de se ir esfumando diariamente aos meus olhos, ela atirada para o fundo de uma cova, uma pedra sobre o corpo, impedindo qualquer ressuscitação, depois disto tudo, morrerá a menina Susana com a dona Carlota. Eu verei morrer em choro a minha mulher, bem à minha frente. E chorarei mais ainda o desaparecimento da criança e da sua repa no cabelo, quando a velhice apagar o amor do velho Fidélio.

Sexta, 27

– Sabe, uma grávida já está naturalmente imunodeprimida.

do alto do seu de Vasconcelos, como gente grande a falar às crianças. Não, não sabia. Mas é bom que você saiba, estudou para isso? Mas por acaso estou eu aqui a falar-lhe de Kierkegaard só porque tem apelido de cemitério e nome próprio de verdade? Não, não estou. Mas continue

– E a paciente tem tido estes episódios com demasiada frequência.

vão fazer o quê? Não, senhor doutor. Não quero saber se os antibióticos que lhe tem ministrado se estão a revelar pouco eficazes, vai o quê? Tirar a menina? Nem pense

– Sabe, há o risco para o bebé.

para a Matilde, doutor, tem nome, como a paciente também tem. Mas o quê? Não é a menina a razão de tudo isto desde o começo? Mas tirar já a menina

– Também há o risco para o bebé.

nem pense. Ou quando me disse

– Morte cerebral.

mentia com todos os dentes que tem e com esse pré-molar que lhe falta e que sempre que abre a boca se mostra? E não, nem o bigode o safa

– Mas

não diga isso porque isso é um jogo demasiado perigoso e eu sei que vou perder, eu sei

— é um equilíbrio instável.

eu bem sei, e de nada me vale contrapor o que quer que seja porque os termos são tão técnicos como se me viesse falar agora de Kierkegaard, ele que disse

— Definam-se as coisas pelos seus limites.

(qual será o meu?) só porque andou a ler um livro de filosofia para principiantes

— Faça como entender, mas não tira agora a menina.

que eu entendo que a única coisa que me pode valer é o tempo passar sem mais nenhuma crise aguda como a dos últimos dias. Cheguei a pensar que não só iria perder tudo como tudo estaria mesmo perdido – a Matilde, criança que matou ainda nem senciente para ser julgada.

Sábado, 28

Já estou um pouco mais capaz. Hoje, pelo menos. Foi quase uma semana no limbo – era para aí que a Matilde iria se algo corresse ainda pior? Já está quase de vinte e nove semanas, estariam quase a fazer a cesariana para a salvar e para a matar. Salva a filha, morta a mãe, eu sei. Mas decidiram-se pelos antibióticos um pouco mais fortes. Ontem, mais uma vez, o de Vasconcelos não mo explicou convenientemente. Só hoje e a enfermeira Cristina
— Não foi assim tão grave, apenas mais uma daquelas decisões difíceis, mas sabe, senhor Francisco, bem tomada.
acha, Cristina? Talvez. Mas e eu? Mas e eu, Cristina? Fui ao fundo esta semana e, se mais calmo, pode ter a certeza que ainda não voltei de lá.

Domingo, 29

– Mais um ano, mais um aniversário do nascimento do tio Paulo.
ao telefone a Rita. Celebram-se cinquenta e cinco anos desde que nasceu mas já se contam vinte e dois desde que desapareceu. Talvez tenha ouvido a história tantas vezes que a saiba demais. Conforta-me um pouco, hoje, saber que também aos outros a vida não sorriu. Eu sei, o mal dos que conhecemos não nos traz bem. Mas dá-nos pertença. Lamento muito. Mesmo. Mas agradeço.
Há mais de vinte anos que lhe morreu a mulher e desapareceu. E desde essa data que a dona Conceição, mãe da Rita, vem cá ao cemitério colocar uma flor na campa da Beatriz, sempre na data do nascimento do viúvo. Era algo que as ligava em vida, ligadas de quem descendem na morte: a Beatriz, tia da Susana, morta no chão de cimento à entrada do prédio, junto ao Campo dos Bargos. O Paulo, sobrinho da dona Conceição, desaparecido pouco depois, diz-se que pelo desgosto. E esta deixando uma flor, todos os anos, na campa dela. Todas as famílias são infelizes à sua maneira.
Não este ano. A dona Conceição vai para o lar porque a saúde já lá está adiantada no tempo e o seu corpo é só doença e miséria. A Rita virá em breve
– Devo ir muito em breve pô-la no lar.

esperando que entretanto o hospital lhe dê a guarida porque mais ninguém há que o faça na casa onde nasceu. Mas não este ano. Este ano a tia Beatriz está morta, o tio Paulo continua algures e a dona Conceição não veio ao cemitério, acompanha há poucas semanas a Susana no mesmo edifício

– Medicina mulheres.

menos importante, mais capaz de ainda de lá sair, menos medicina e mais conversa de velhas mulheres. E sou eu, então,

– Podes lá ir tu, Francisco?

pergunta-me a Rita

– Acho que era muito importante para ela, embora nunca tenhamos percebido porquê. Pediria à Susana, mas

mesmo que a mãe seja mais um título que uma presença, também para a sua melhor amiga. Todos temos direito ao coração mole. O meu já nem sangra, apenas absorve o ar como se de um pulmão se tratasse

– Sim, claro.

e lá fui. Cheguei agora. Toda a gente na mesma. Tirando estarmos todos mais perto da campa de maneiras diferentes.

Véspera

Conceição,

    parece que vimos de um médico e pior. De nada nos valeu a consulta, andamos perdidos entre os carros, os semáforos vermelhos e nós que atravessamos, os semáforos verdes e estacados no meio da passadeira a imaginar o céu ou as nuvens a responderem às nossas preces.
    Saí do consultório onde falo repetidamente com o doutor Esteves Coimbra. Há anos. Desde que me descobri a compulsão que o procuro para reparar o erro. Perdoar, só Deus. Mas lá chegarei.
    Descobri-la ainda demorou uns anos. A vida entre o altar e a sacristia, entre as salas de aula e Deus Nosso Senhor pendurado ao alto, o sinal da cruz crucificando-me o coração. Era um rapaz, bem sabes. E que mais poderia eu ter feito antes?
    Quando saí da aldeia rumo ao seminário, depois do seminário até à primeira diocese, à segunda, à Sé junto de onde agora escrevo e onde ajudava doutor Jorge na esperança de um dia poder ser auxiliar, quando saí, dizia, levei comigo a ramada de domingo onde o pai e o senhor Clemente debatiam os argumentos jogando à sueca. E a memória dessas cartas derrapando, encaixotadas no mais fundo de mim.

Trouxe-as. Subi na hierarquia. Não era eu um leitor compulsivo? Quem tem olho é rei – é terra de cegos, já to disse. Citava a Bíblia, estudava o ecumenismo, e parecia o menino providencial que havia um dia de trazer para o nosso país o Reino dos Céus. Ou se não este pelo menos o dos céus na terra, bispo, cardeal, o mais que fosse seria sem limite.

Vim ter a esta Sé e às aulas. E aqui se me revelou a compulsão que já tinha, as vontades a serem impostas sem pudor pelas conversas anunciadoras com o doutor Esteves Coimbra. Tudo acontece por acaso. Nada acontece por acaso. E, se existiam para prevenir, foram, afinal, o que espoletou a insanidade. Escondi-lhe os gestos entre as hóstias de domingo, mais ainda em cada quinze dias a que falávamos. Quando de mim se aproximava com os dois filhos gémeos para comungar, fechava os olhos por momentos, dava-lhe o Corpo de Cristo sem pudor na mão que tinha lavado minutos antes na sacristia:

– Padre Joaquim, como vai a sua vida? – Visitava-me sempre antes só para me perguntar se ia como se tivesse para onde, lavava as suas mãos, e dentro do meu peito repetia que sim, que ia ser a última vez.

Não era. Nunca foi.

Saí do consultório passariam talvez uns trinta minutos das cinco da tarde. Mais uma hora e meia de conversa e os exercícios respiratórios para controlar a ansiedade, a dose habitual de medicamentos prescrita, o diário que devo manter como quem fala para dentro e se quer conhecer. Saí e pensei nos miúdos. Não só nos gémeos, de que já falei, mas também nos do liceu. A dois passos do centro, a mais alguns da igreja. Então que fazer?

Dizia-me o doutor Esteves Coimbra:
– Pense no que está a pensar.
– Racionalize e transcreva.

— Pare e reflita.
— Ultrapasse, passe, torne, entenda.
— Caminhe entre o que foi e o que quer que venha a ser.

E eu estendia as borboletas que percorriam cada centímetro do meu estômago, da minha alma em fogo lento, quente e doloroso. Queria com isto vê-las arder e parar, mas não havia como, eram borboletas resistentes às mais altas temperaturas. Que fazer senão o mais usual, normal, aceitável, verdadeiro?

Saí então de lá a pensar nos miúdos. Parei na cabine telefónica, dois cinco três sete quatro um oito nove quatro, disquei. Atendeu o Tiago:

— A tua mãe está?
— Não, senhor padre.
— E o teu irmão?
— Sim, senhor padre.
— Estava a pensar passar por aí.
— Como quiser, senhor padre.
— Vai então chamar o teu irmão.
— Sim, senhor padre.

Desliguei. Demorei muito a chegar a casa dos rapazes. O caminho não fica longe, tu sabes, mas o caminho fica longe, andei às voltas com o coração nas mãos por mais um erro, uma doença, uma urgência a cumprir. Passeei entre as árvores, persegui os passos, troquei de verdade muitas vezes. E quase consegui. Quase. Cheguei até a abrir o portão da casa paroquial, ao lado da Sé. Mas fechei-o com estrondo, desistindo de lutar contra a vontade. E cheguei à porta do prédio de casa do doutor Esteves Coimbra com a certeza de que seria a última vez.

Nunca é.

Entrei. Os rapazes estavam sentados na sala, viam televisão, seriam talvez sete da tarde. A mãe no orfeão a esta hora (já o sabia), o pai a conversar com outro como eu no consultório, longe. Olhei-os tão imberbes, inocentes, saborosos. Cheguei-os a mim:

– Não há um beijo para o vosso padre, rapazes? – E o beijo chegou primeiro na face, depois na boca. – Não há um beijo entre vocês para o senhor padre ver, rapazes? – E o beijo chegou como sempre, bonito, justo, certo, entre os dois e o amor que eu sentia por eles.

Trocámos os afetos de sempre. Tocámos os corpos como sempre. Eles chegaram-se a mim como dois amantes e eu deixei-me envolver por aquelas peles brancas e leitosas. Sei que podem dizer que os violava em cada carícia. Mas quem diz isso não via os sorrisos cúmplices que partilhávamos, os gestos lentos que usávamos como uma dança. Crianças ainda, talvez, mas como homens vivendo a sua luxúria. O pecado só existe se nos sentirmos culpados. Eu, no meio deles, estava no céu, não no inferno.

Quando saí, soube que tinha falhado. Depois do orgasmo, aí sim, a culpa, o pecado, a vergonha. As hormonas trazem o desejo, o vazio impõe nova ânsia, desta vez cruel e sem resolução. Parei junto ao parque infantil. Lá, mais dois miúdos brincavam nos baloiços. E já não era a vontade de os saber meus, antes a tristeza de, no fundo, os ter tido nos corpos dos gémeos. Voltei para a Sé.

Era já noite escura, começo de dezembro, frio sem chuva. Sentei-me à secretária do escritório, li a nota

Caro Joaquim,
A Congregação aceitou a proposta do seu nome para bispo auxiliar.
Um abraço do seu
Dom Jorge

Nada mais vergonhoso. No dia em que tinha, mais uma vez, e depois de dois meses de abstinência racional, caído nas malhas da tentação, via o prémio pela minha vergonha chegar. Saí da casa paroquial decidido.

Percorri as ruas da cidade como se pensasse vezes sem conta na noite. O ar frio, o vento a cortar cada centímetro de pele pouco resguardado, e o coração quente do fogo lento que, queria, crucificaria cada borboleta no meu peito. A ânsia já não era a do corpo dos rapazes: era a da verdade que sabia ter de ser dita.

Entrei em casa do doutor Esteves Coimbra já passava das nove da noite. A mulher abriu-me a porta, cumprimentou-me, levou-me à sala onde tinha estado há poucas horas. Não há perdão que chegue. Aquele que perdoa no confessionário está preso sem poder ouvir as palavras que repetia: três pais-nossos, cinco ave-marias. Aquele que se perdeu nunca se encontrará. Perdoar, só Deus, mas a ele chegarei.

O doutor Esteves Coimbra levantou-se, olhou-me, tocou-me na face. Não me bateu, disse apenas:

— Vais para o inferno depois de morto, filho da puta. Mas antes vou fazer-to viver na humilhação do inferno da terra.

E ligou para a esquadra. Estou na cela para ser ouvido pelo juiz amanhã de manhã. Toda a cidade já sabe.

Recordo a ramada, o jogo da sueca e as cartas, meu pai e o senhor Clemente com outros jogos menos infantis.

Aqui estou. Na esquadra grande e deserta. E aqui ficarei. Para sempre. Porque depois de te escrever este perdão, na véspera do anúncio oficial do pecado e da glória, colocarei a batina presa no candeeiro e, nu, serei descoberto enforcado e morto. Quero mostrar a todos o corpo que impediu que a minha vida vencesse.

Teu,
Quim.

Esquadra da Sé, ao décimo segundo dia do mês da celebração do nascimento de Nosso Senhor Jesus Cristo, ano 1994 da nossa era

Setembro

Quarta, 1

Venlafaxina, 150 mg, um comprimido ao acordar. Alprazolam, 1 mg, um comprimido de manhã e um comprimido antes de deitar. Durante o dia, quando necessário.
    Quetiapina, 100 mg, um comprimido ao deitar.
    Mirtazapina, 30 mg, um comprimido ao deitar.

Quinta, 2

Às vezes, quando te deixava, o céu parecia mais escuro. Seria talvez madrugada. As aulas começavam às oito e dez, no inverno o dia começava mais tarde do que elas. Saía de casa e a lua enorme no firmamento. Descia para o liceu com o cachecol a proteger-me o corpo – tinha-lo comprado há um ano e para ti: mas toma-o, fica teu, disseste – e caminhava como se de noite para o ensino da filosofia. Deixar-te na cama, guardando por alguns momentos mais os lençóis, não me doía pela inveja – mais do que tudo por te perder todos os dias. Pensar-se-ia que te reencontrava à noite, assim tinha acontecido sempre, assim aconteceria também em qualquer dia futuro. Mas o afastamento não é mais fácil por sonhar o reencontro. E o mundo tem tanto que nos assusta e anseia. Há um corpo, matéria fraca, carne, sangue, organismo desconstruído de Deus. Este corpo elaborado ao acaso, não te pareceu isso sempre também? E há os outros corpos, as outras gentes a trazerem crime e estupidez para quem amamos.

O André nasceu e foi pior ainda. Aquele desconforto, aquela miséria que sentia ao deixar-te em casa mais uns minutos que fossem, um dia inteiro de ausência descontrolada, exponenciou-se no coração. Na primeira vez em que vos deixei entregues ao sol –

era janeiro, mas as aulas começavam nesse dia às nove e meia, a lua já se tinha posto – deixei também convosco esse mesmo coração. Não há outra maneira de permitir a distância que não seja deixarmos com quem amamos o que mais nos dói.

Sábado, 4

"E se quisermos morrer hoje à noite, existirá um luar à nossa frente? E se quisermos morrer hoje à noite, outra rosa florescerá", ouço. Repetida e dolorosamente. Uma voz rouca, funda, dizendo da vontade – e se morresse com a Susana?

Venho pensando nisso há umas semanas. Os meninos entregues ao Fernando e à Manuela. E eu morto consigo, ao lado. O coveiro diz que é impossível por lei a colocação de dois caixões um em cima do outro, mesmo que com duas funduras. Teriam de passar anos – o tempo que cada um merece seu para se fazer um só com a terra. Mas também seria – será? – dos meus primeiros desejos: que me deixem a seu lado. A campa tem duas funduras mas também dois locais. De um lado eu, do outro lado a Susana. Apenas a lápide, sobre o seu corpo, cruz marcando o local do tesouro, apenas a lápide com os dois nomes

– Eu, Francisco, recebo-te por minha esposa a ti, Susana, e prometo ser-te fiel, amar-te e respeitar-te, na alegria e na tristeza, na saúde e na doença, todos os dias da nossa vida.

com os dois nomes

– Eu, Susana, recebo-te por meu esposo a ti, Francisco, e prometo ser-te fiel, amar-te e respeitar-te, na alegria e na tristeza, na saúde e na doença, todos os dias da nossa vida todos os dias da nossa morte, as lápides lembrando as palavras mas com todos os nomes substantivos

– Francisco João Oliveira Janela e Susana Patrícia Brito Almeida, viestes aqui para celebrar o vosso matrimónio. É de vossa livre vontade e de todo o coração fazê-lo

é de nossa livre e expressa vontade também na morte – nesta.

Talvez o faça. O que me impede? Pelo menos com o Fernando e a Manuela terão um irmão mais velho e pai e mãe e uma casa onde o choro tem de tirar os sapatos à porta para entrar, tal a cerimónia a que a felicidade o obriga. Porque se morrer eu e morrer a Susana, outra rosa florescerá. E não terá de perceber o pai a ouvir e ouvir e ouvir "quem colocará flores no túmulo de uma flor? Quem dirá uma oração?" E chorar e chorar e chorar.

Domingo, 5

Ontem adormeci a chorar. Não consegui deixar que a música desaparecesse. E acordei com ela, toda a noite a voz do fundo da caverna perguntando *"and if we are to die tonight, is there a moonlight up ahead? And if we are to die tonight, another rose will bloom"* e na cabeça uma esperança na desesperança, uma saída. Mas, também no mesmo acordar, a voz *"and tell me who will put flowers on a flower's grave? Who will say a prayer?"* e é manhã e ainda está sol.

Setembro trará o outono e as folhas cairão e não há pior altura para a tristeza. Não vejo forma de me levantar, quanto mais de achar que um dia a primavera voltará, se ainda nem o outono começou. Mas não consigo deixar de pensar: quem colocará flores no túmulo de uma flor? *"But no one puts flowers on a flower's grave."* Ninguém.

Sim, a flor é a Susana. E a pergunta não é gratuita – se eu estiver ao seu lado, quem colocará flores no túmulo dessa rosa?

Não há como soprar o nevoeiro e é verão, nem nevoeiro existe por estes dias. Mas podemos pensar que talvez uma flor mereça umas flores a velar por ela e eu possa ser necessário para uma tarefa que seja. Entregues as crianças ao Fernando e à Manuela, posso levantar-me todos os dias pela madrugada ou fazer durante a noite os poucos metros entre as lápides e esta casa, e a minha vida será não deixar que se esqueçam das flores.

Segunda, 6

Recomeçaram as aulas. Os miúdos regressaram com a mesma idade. Continuo a dar filosofia ao secundário, os que passaram de ano desaparecem e regressam os mesmos, outra e outra vez. Caras diferentes, uma ou outra surpresa a certa altura, mas é só fazer uso das categorias definidas: o palhaço da turma, os calaceiros, os desportistas, os estudiosos, as meninas bem, os alternativos. Enfim – tudo tão igual, mesmo eu, estando tão diferente.

Hoje foi demasiado penoso para o querer lembrar sequer aqui. Chega de lembrar o que dói, mexendo nas escaras que vão aparecendo. Eles iguais mas eu tão diferente. Já não há razão para pensar o pensamento se a inevitabilidade irá colher a Susana. Quando muito, poderei ler sobre a teoria da mente – pensar que tudo isto não existe e assim aceitar com mais facilidade que também ela deixará de existir.

Lamento, rapazes. Lamento, raparigas. Mas a verdade é que talvez seja altura de deixar que alguém com vontade que a realidade exista vos possa ensinar a compreender as suas dores e os seus sentidos. A teodiceia, penso agora. Será que a dor não passa de um acaso? A provação desnecessária? Não sei. Voltarei a Deus mais tarde. Porque agora voltei às aulas mas para ficar em casa.

Quarta, 8

Cumprem-se hoje trinta semanas. Foi há sete meses e meio que concebemos o futuro que o impedirá. Mas não consigo deixar de levantar um pouco a cabeça e olhar o sol.

    Deitei-me no fim das palavras de segunda, a minha mãe acabou por dar de comer ao Tucho ontem, quando me veio bater à porta

— Francisco, estás bem?

quando me veio bater à porta

— Francisco, não comes nada?

quando me veio bater à porta

— Francisco, precisas de alguma coisa?

e a resposta foi sempre

— Estou bem.

numa mentira gutural gritada do quarto, percebeu que o dia passara e eu desistira mais uma vez. Mas hoje. A verdade é que hoje se cumprem trinta semanas. Eu levantei o corpo um pouco, estou aqui sentado na cama, é quase meio-dia. Tenho fome, é o corpo a dizer que existe. Faltei às aulas como previa, fui eu a dizer que não queria existir. Mas trinta semanas são viáveis, e isso apazigua-me um pouco. É certo que nunca olharei a Matilde sem lhe perceber a mágoa da morte da mãe, mas depois de tantos meses como hospedeira, a Susana já merecia que quem a matou acabasse por poder nascer e viver.

Os sete meses. Sempre foram o limite inferior. Há crianças a nascerem antes, mas os sete meses sempre foram aqueles que ouvimos como

— Nasceu de sete mesinhos.

com a pena dos quase dois quilos mas

— Está já bem crescido.

porque raramente algo corria mal e não havia leite e carinho e vontade que não fizessem crescer os petizes. A Matilde poderá nascer de sete meses. De trinta semanas. Irá nascer. E eu pararei esta caneta e irei por momentos ver se este ano há algum miúdo que tenha nascido com sete mesinhos mas que agora seja tanto.

Quinta, 9

Na passagem de ano sorrimos pelo menino que tinha chegado. Ia ser um ano novo, uma vida de cansaços e preocupações, claro, mas mais ainda de alegria e felicidade. Ele tinha nascido há pouco mais de três meses, contava-se ainda o tempo pela soma de metades. Pela primeira vez em nossa casa

— Venham vocês cá acima este ano, assim o menino escusa de apanhar frio.

os meus pais, a dona Carlota, o velho Fidélio, fotografias contigo sentada no sofá da sala, o menino de colo em colo, a celebração do recomeço anual. O Fernando trouxe as uvas brancas para manter a tradição. Com ele, a mulher, o Rafael e a projeção da nossa família dentro de alguns anos. Lembro muito a minha paz quando te olhei sentada com o menino no sofá, o filho do Fernando a afagar-lhe a fronte, ao lado a Manuela e o pai. As coisas mais imaginadas costumam nunca passar de sonhos inconsequentes.

Sexta, 10

Escreveu um dia num post-it amarelo, colado na porta do frigorífico – logo não te esqueças do pão.

Saí de casa já ela trabalhava no banco, seriam talvez um pouco mais de dez horas. Li o post-it, lembrei. E com a pasta numa mão e a chave do carro na outra, fui comprar o jornal.

O dia começou bem. Os miúdos interessados – era a turma do filho do Martins, gerente da Susana na Caixa. Depois um pouco pior, mas nem por isso mal – não há dois grupos de alunos iguais. A tarde foi soalheira, estaríamos talvez no terceiro período. A Páscoa há dias, julgo. E a senhora da padaria tinha-se esquecido mais uma vez de deixar o pão na porta de cima, a de nossa casa.

Não comeu a Susana as torradas pela manhã. Teríamos casado havia pouco mais de um ano. Não havia filhos – só o futuro brilhante que nos parecia esperar. E um recado na porta do frigorífico, impresso num post-it, a lembrança.

Esqueci-me de levar o pão. Hoje, quando só, lembro-o sem razão.

Segunda, 13

O seu corpo ainda vive – demasiado. Dá sinais de não querer desistir, debate-se contra o estado em que se encontra, quer mover-se, pede-o, di-lo bem alto. São três, as escaras.

Inicialmente, obrigavam-me a sair para a higiene. A enfermeira Cristina ainda pensava possível um regresso, imagino. E o pudor era maior do que a necessidade de eu estar com a Susana. Não se espera para estar com alguém – precisa-se e está-se. E havia dias em que lhe tocava a face com tanta serenidade que me sentia invadido sempre que

– Senhor Francisco, é hora de fazermos a higiene da menina Susana.

enxotando-me do quarto como um cão.

Agora não. A enfermeira Cristina já percebeu que o meu cartão de familiar é um livre-trânsito para tudo. Há dias, sim, em que me prendo, e o livre-trânsito fá-la pensar onde andarei eu. Fico em casa, choro, debato-me com a sua morte sozinho. Mas depois, quando a verdade se impõe, quero ficar lá sempre, viver com ela até ao fim. E, nessas alturas mais dadas, a enfermeira Cristina já só

– Sente-se aí no cadeirão, ande lá.

sem me impedir de continuar a olhar a Susana quando é despida, lavada, vestida.

Da primeira vez que fiquei percebi que me detestaria se nada fizesse. As escaras não eram infecções, eram os pelos a crescerem desmesuradamente nas axilas, no sexo, nas pernas. Pedi

— Cristina, não pode fazer alguma coisa acerca disso?

— Não costumamos, senhor Francisco. Mas não se preocupe que eu trato disso.

e ela voltou à feminilidade que sempre lhe conheci. Não que precise de estar bonita para mim — chegar-me-ia que estivesse, bonita ou feia — ou para mais alguém. Mas porque a Susana não deixaria nunca que isto sucedesse. Ficaria dorida na alma se o caixão não a levasse limpa.

Agora são as três escaras. Duas no cóccix, uma nas costas. São buracos, meu Deus. São profundidade a mais para o interior do corpo, não há predadores que possam entrar para matar a Matilde, de tão grandes?

Vi-as e acabei por sair do quarto. A higiene também é trocar os pensos, hidratar a pele, pôr cremes que as possam sarar. Ela tem três feridas abertas e eu tenho uma só, que quero tentar fechar. Mas a ferida por debaixo da cicatriz que virá, quem cura?

Terça, 14

No fim de semana que passou voltei ao Caminho. O Fernando levou-me de carro, não há forças para aguentar a vida, quanto mais a estrada. Entrámos na igreja de Santiago. Aceitei. As preces não foram aceites. Mas eu aceitei. Tenho de me levantar. Aceite a morte, é altura de começar a aceitar a vida.

Quarta, 15

O amor tem um fundo azul quando os olhares se cruzam. Estávamos à entrada da minha faculdade? Lembro: antes a aula de epistemologia, eu na cadeira da frente, éramos crianças na escola primária, ouvindo, traquinas, a senhora professora assumir a nossa ignorância. Ela dizia
— Meninos! Atenção!
sabendo da brincadeira que procurávamos, petizes, em cada oportunidade, dizia
— Senhores, pouco barulho, isto é uma aula teórica, só cá está quem quer. Quem não quiser, faz o favor de sair.
inimaginável da cumplicidade que se formou uma vez e para sempre nesse segundo. Virei-me para a frente, corei muito com a vergonha de ser já um homenzinho e não haver intervalo para as brincadeiras há muitos anos. E a Susana esticou a perna, bateu com força a bota na minha cadeira, sussurrou
— Vamos sair?
e nós que apenas nos tínhamos sabido um para o outro, conhecido tão vagamente, há pouco mais de dez minutos. Descobri depois que somente ali estava para acompanhar uma amiga, que não era sequer a filosofia a sua verdade. Mas o seu

– Vamos sair?
pergunta ideal, anunciação do nosso futuro. Azul. Quando os olhares se cruzaram.

Quinta, 16

Olho, lá fora, o tempo quente – ainda. As aulas recomeçaram, os dias decrescem mas ainda são grandes o suficiente para que os olhe pela janela, ao fim da tarde. Ao longe, as cruzes do cemitério.

Tenho de começar. De nada me vale viver morto. Tenho de me ligar outra vez ao mundo, seja de que maneira for. Pelo menino, no andar de baixo há meses? Que será dele por ter perdido pai e mãe nesta idade? Conseguirei fazer o que a mãe nunca mais – voltar a casa?

Ela regressará, sim, mas para as cruzes do cemitério, aqui perto – a lápide. Tenho de me ligar à vida nem que seja pela morte. Amanhã falarei com a dona Carlota, que tem o tempo nela para saber tudo, a vida percorrida de

– Como vai, dona Gertrudes?

– Bom dia, dona Carlota. Bem. E a senhora?

ela saberá com toda a certeza qual o melhor marmorista. Há pouco tempo o Augusto – talvez os Belo o soubessem. Mas ainda nem se deram ao trabalho de pôr memória na campa.

Susana Patrícia Brito Almeida
11.10.1971-10.2004
Eterna saudade de seu marido e filhos.

Filhos? A Matilde já é gente para sempre? E a família?

Eterna saudade de seu marido, filhos e família.

Fica tão mal. Não sou eu família?

Eterna saudade de sua família.

Mas não merecerei mais do que ser uma parte de um conjunto disperso onde até a Isabel se encontra?

Eterna saudade.

De ninguém? E eterna? Mas não estará terminada essa saudade no dia em que finalmente todos morrermos?

Assim. Sem mais.

SUSANA PATRÍCIA BRITO ALMEIDA
11.10.1971-10.2004
Saudade.

Sexta, 17

Não fui ao marmorista porque ainda não quis encontrar a dona Carlota. Será o sol ou o luto que já vivo há meses que me tolhe? Não sei. Desisto. De compreender e de ir lá até que a vida termine.

Mas e a fotografia? Tenho-as comigo, desde ontem que não pensei noutra coisa. Tenho aqui o álbum do casamento. Mas não pode ir noiva para a lápide. Estamos de férias. Mas não se pode deixar que se vejam os ombros a Nosso Senhor. Tipo passe? Mas quem quer ficar para sempre com a lembrança da fotografia mais inútil que se tira?

Talvez possa recortar desta o André, o Fernando e a Manuela, ao longe com o Rafael. A Susana está tão sorridente. Afinal fui eu quem a tirou – uma forma de ser eterno junto ao seu corpo. É a minha mão que toca a lápide, que a vai guardar da decomposição do tempo no meio da terra. E nem o sol virá desbotar esse sorriso, porque quando o tentar, cá estarei eu e as cópias que antes tirei. E trocarei imediatamente a palidez pela felicidade inocente.

Sábado, 18

Ao longe os barcos e as flores. Ao longe, a terra sobre o mármore e as cruzes navegando nas campas. E as flores, sempre as flores.

Domingo, 19

Mas eis que chove muito como chove sempre. Quem ainda diz verão a estes dias está longe. Anos e anos de chuva mal a nortada amanha a memória dos banhistas e estes se recolhem ao interior litoral. A nortada não para. Fim de agosto, começo de setembro e anos e anos com a chuva a chegar e o frio a anunciar-se. Lembro a trovoada de nuvens altas, ao longe, eu e o Fernando em cima do barraco, sentados a contar relâmpagos nas colinas que amparavam a Vila. Ainda calor e a chuva caindo em aguaceiro quente. Não assim hoje. Hoje, a dois dias do fim do verão, a chuva já é baixa, baixas as nuvens de onde cai. Chamam-lhe morrinha porque nos morre o ânimo a cada dia em que nos temos de levantar na escuridão que o dia tem – mesmo depois de o sol o ter trazido, mas onde, que as nuvens não mo aquecem? É dia, há luz. E a minha alma sem ânimo que a defina, escura como a noite de um dia em que é dia e há luz.

Terça, 21

Já nos chega o inverno ser triste.

Quarta, 22

Hoje volto a ver os dois velhos saírem de casa.
— Bom dia, senhor Fidélio.
— Bom dia, dona Carlota.
o caminho até ao campo da feira todas as semanas, todos os meses, há já tantos anos. Não me dói vê-los. Se aceitei o caminho que me deram, é altura de aceitar também o dos outros. E enterneço com o amor entre a dona Carlota e o velho Fidélio. Com as pombas que lhes cantam a vida.

Quinta, 23

Foi ao subir as escadas, fim de tarde, e eu esquecera no carro um livro que fora buscar como se ainda tivesse motivo para isso. Não tenho. Desisti da vida, sinto que já cá não estou, afundo os pés a cada passo, aguardo o inevitável – a entrada no cemitério, o André pela mão, a Matilde no colo, recém-nascida cheirando a morte.

Foi ao subir as escadas que tropecei. Levo já anos de casado a subir e descer estas escadas, mas alguma vez seria a primeira. Foi sozinho, pelo menos o mal só meu, só minha a dificuldade de contrair os músculos das pernas para lhes dizer mecanicamente

– Sobe.

e assim, degrau a degrau, trazer mais um pouco de infelicidade a esta casa. A perna direita que se não levantou o suficiente, o pé direito a tropeçar no degrau e as mãos imediatamente no corrimão para tentarem segurar a queda. (O corpo é fraco e age sem razão: a minha razão dizia-me

– Deixa-te cair com estrondo.

mas já o corpo agira.) E nesse ato irrefletido para amparar o corpo, o ombro deixado para trás na largura de um braço demasiado estendido.

Salvei a face mas aleijei o ombro num grito silencioso e mais ainda o dedo quando a aliança se prendeu na borda do corrimão e se fez sangue na mão esquerda. Não chamei ninguém, não avisei vivalma. O menino está na minha mãe e lá continua. Subi o resto dos degraus, recomposto e dorido. É noite. Escrevo com o dedo em ferida, ligado. A insónia que por vezes me persegue há de ajudar a sarar o ombro e tirar a aliança foi só um adianto à verdade.

Sexta, 24

Acordei de uma noite sem dormir com o despertador a chamar-me para a escola. Mas o ombro lembrou-me imediatamente a viuvez antecipada, ainda não tinha reparado na falta da aliança no dedo ligado. Levantei-me, quis fazer o mesmo que todos os dias, a custo me vesti e lavei e desci as escadas onde caíra subindo – e vi no degrau, esquecido, o livro, que não há literatura de que nos lembremos em tempo de aflição física – entrei no carro. Mas depois de curvar à esquerda, descendo para o Campo dos Bargos, percebi que a iria visitar mais cedo, o liceu teria de esperar uma radiografia ao ombro. Segui então para o hospital pelo caminho que o carro já conhece, de tão gasto. E dorido na pele e no espírito, entrei na urgência. A enfermeira Cristina a passar, viu-me ao longe, perguntou

– Que se passa, senhor Francisco?

que a casa mortuária é ao lado, urgente a salvação da vida e urgente a confirmação da morte

– Caí ontem. Dói-me o ombro.

guiou-me pelo corredor do hospital

– E o dedo?

– Fiz eu o curativo.

– Está cheio de sangue.

– Foi de tentar voltar a pôr a aliança.

pelo corredor do hospital até que me deixou numa maca
– Tem dormido?

não esperando resposta porque já a sabia. Passaram-se uns minutos, tirou-me então a gaze do dedo, entreguei-lhe a aliança que trazia no bolso

– Pode tentar pô-la?

e acordei horas depois com o ombro ligado, o curativo limpo e, como em breve o corpo da Susana na porta ao lado da urgência, a aliança pousada na mesinha de cabeceira e uma lágrima a lembrar-me o futuro.

Domingo, 26

A Rita chega amanhã do estrangeiro, da Cidade Luz, onde se escondeu durante alguns anos da escuridão moral que por cá impera. Bem? Mal? Não sei. A filosofia não me chega para perceber do que se pode ou deve. E Deus atrapalha e clarifica e confunde. Chega amanhã com a Sophie para enterrar a mãe, afinal. Ou regressa tarde ou bem a tempo de a ver já morta. E hoje, enquanto aceitava que o tempo também para a Susana se vai interromper, enquanto passava as mãos por um casaco, duas camisolas, umas calças penduradas e por mais quanto tempo – pouco, que se tem de permitir que se viva quando alguém morre –, e hoje um papel caído de um dos bolsos. É um poema. Tem a caligrafia da Rita, inscrita numa daquelas folhinhas que em criança as meninas trocavam entre si, vindas de uns bloquinhos irritantes que o cheiro perfumado tanto potenciava. A única coisa que me intriga é esta não ser da época. Li-o. Procurei-o. Não o conhecia. É de agora. Porquê a falta de ver Paris com alguém dentro no bolso de um casaco daquela que se nomeou tanto amiga? Coisas da Rita, só pode. Ao longo dos anos habituei-me muito às

– Coisas da Rita.

como resposta da Susana a tantas coisas inexplicáveis.

Vi roma a arder, e neros vários
bronzeados à luz da Califórnia
guardar em naftalina nos armários
timidamente, a lira babilónia;
as capitais da terra, uma a uma,
desfeitas em rumor e negra espuma,
atingidas de noite no seu centro;
mas nunca vi paris contigo dentro.
E falta-me esta imagem para ter
inteiro o álbum que me coube em sorte
como um cinema onde passava "a morte";
solene imperador, abrindo o manto
onde ocultei a cólera e o pranto,
falta-me ver paris contigo dentro.

Para ti, nas palavras do António Franco Alexandre
Rita

Terça, 28

Foi a enfermeira Cristina que a certa altura me disse
— O senhor Francisco assim não aguenta.
já o cartão de familiar era mais um livre-trânsito de todas as horas. Fim de almoço de junho, e eu ansioso, revoltado, dormente e quase desistente – tudo isso e ainda mais
— Senhor Francisco, daqui a pouco ainda fica como a menina Susana.
a enfermeira Cristina tão simpática na sua preocupação e
— Que quer que faça?!
e ela não merecia esta resposta bruta, se houve alguém que me ajudou nesses meses. Sabedora de que já não era eu quem lhe respondia
— Tem de ser medicado. Vá falar com o
— Com ele não falo.
— e faz bem, com a doutora Mariana.
lá fui. E de lá saí descrente mas agradecido e com uma receita. Não sei se de alguma coisa me terão validos os medicamentos que ainda hoje tomo. Sei que me deram o melhor destes meses, obrigando-me a dormir – quando se dorme desaparece-se, o tempo passa sem que percebamos, racionalizemos ou preocupamos. Deveria dormir até ao fim, para não pensar. Quero viver do impensável,

e não do dia que nos corre. Mas pergunto-me: para quando começar a diminuir a quantidade de princípios ativos com meias vidas tão estabelecidas no meu organismo? Se quero ser pai, não posso desaparecer na noite como um fantasma, de sono inquebrável mesmo pelo choro de um filho ou de uma filha. Talvez seja altura de me levantar um pouco que seja, diminuir a ânsia e a tristeza que a acompanha – mas não há como, isto não liga e desliga como um interruptor. E a tristeza ainda é funda porque me é complicado aceitar a solidão povoada em que me encontro. Talvez um dia aceite a solidão, apenas. Talvez.

Quarta, 29

Saí da escola, vim para casa. O carro em frente ao portão que desce à garagem. Vou para casa, pensei. Meter o carro, subir as escadas, abrir a porta, estarei em casa. A solidão como uma faca. Ninguém. Eu já não tenho casa. A que tinha morreu e a Susana ainda vive. Hei de construir outra, eu sei. Há duas crianças à espera que as paredes lhes guardem a mais feliz das infâncias. E serei eu o responsável tanto pela tristeza como pela alegria possíveis.

Não abri o portão. Dei a volta ao carro e desci à Vila. E vezes sem conta passei no centro, onde à direita via a Caixa, a Susana a trabalhar e a recordação inventada de a saber prestes a sair e chegar à casa que já não existe.

Quinta, 30

Terá ela aceite morrer? Quando caiu na Caixa, quando disse da dor de cabeça ao Martins, quando percebeu – terá percebido? – que desmaiaria: terá tido tempo para aceitar que não mais acordaria? Dizem que primeiro se nega, depois se revolta, se negoceia, se deprime e finalmente se aceita a inevitabilidade dos olhos fechados. Mas o tempo não deixou que tanto fosse possível – aceitarei eu um dia que ela não seja?

Hoje fico. Estou. Troveja lá fora o fim do verão, é setembro. É o mundo ainda revoltado com a serena aceitação do fim – sorris por momentos, o cilindro azul, o coração demasiado audível nas máquinas. Ou se não sorris, digo-o eu para me poder levantar e esperar. O fim. O menino nos meus braços, a Matilde nos meus braços e eu sem braços suficientes para duas crianças, dois pequenos corpos – faltam os teus. Hei de aceitar o teu fim no sorriso que talvez te invente. Invento-o ou vejo-o. Existe ou não. Na esperança de a poder ter um dia à sua cabeceira, tocando a fronte de um pai já velho e moribundo – como este, que agora te chora, toca a de uma mãe tão viva e tão morta.

Véspera

A cerimónia estava marcada para amanhã. Embora a Sophie quisesse tanto mais do que isso, ainda não deixam. A seu tempo, quero crer. Ambas – mais ela do que eu, é certo, mas ambas – nos sentimos perto de Deus. Mas os homens teimam em afastá-Lo do nosso caminho.

Visitei hoje as duas campas. Com a Susana ainda viva. Visitei a da aldeia onde nasci e de onde fugi mal tive a força necessária para tal. É lá que a minha mãe está enterrada, debatendo-se com a vida que levou em frente a Deus. Redimiu-se depois com o silêncio. Mas Deus não esquece. Nunca compreendi esse silêncio. Até hoje.

A outra foi a da Beatriz. Com o que me chegou às mãos percebi tudo de outra maneira. Sei que tudo não é o que parece. Alguma vez terá sido comigo? A Beatriz está logo à entrada do cemitério, à esquerda, a poucos metros do vizinho da Susana, o tal escritor que se tornou um eremita na cave do seu quarto. A Susana está morta desde maio e não passa de uma hospedeira para a possível felicidade do viúvo. E a Beatriz aguarda que chegue para o seu lado.

Tenho saudades da Susana, mesmo que ainda não definitivamente ausente. Está deitada naquele hospital, o coitado do

Francisco conservou até há pouco uma esperança. Talvez já tenha aceite a morte. Eu sei que a aceitei assim que me disseram as palavras morte cerebral. Nunca foi minha, a Susana. Por isso nunca a perdi para a morte.

Passei estes dias em casa da mãe, na aldeia, regressei ao sítio de onde quis fugir. Percebo bem, agora, que fugi dela e não da casa. Que a casa me traz antes paz. A Sophie sempre gostou da casa da aldeia, foi quem mais me pressionou a voltar.

A surpresa chegou verdadeiramente quando arrumava o quarto. No fundo de uma gaveta, encontrei um molho de cartas. Fazem uma espécie de roteiro pela vida de pessoas que sempre conheci sem nunca as ter conhecido – a Beatriz, o primo Paulo, seu marido. Ou pelas vidas de pessoas que conheci mas de quem nunca verdadeiramente soube – a mãe, o tio Joaquim. Noto que cobrem um longo conjunto de anos, impressiona-me lê-las. O que terá sofrido a Beatriz, não só às mãos do Paulo, mas também – e mesmo sem que lhes tivessem tocado – às da minha mãe. Sei então de quem sou filha e porque também peco. A minha mãe entre o tanque e a madeira do coberto. Violou um miúdo. Desculpas? A vida não deixa. É como foi. E de nada vale desculpar: perdoar é aceitar o facto de que o passado não poderia ter sido diferente. E a si, tio Joaquim, olho-o pendurado na cela. Nu, morto, coberto de vergonha. Todos ouvimos uma ou outra coisa da sua morte, explicada em paz. A ignorância protege sempre melhor.

Mas sabe, tio, vou dizer-lhe uma coisa: eu até compreendo o que escreveu. Que culpa temos nós do amor que sentimos? A Beatriz escolheu estar imaculada perante Deus em detrimento de um filho. O Paulo amou tanto a mulher que a matou. A mãe estava só apaixonada até ao fim do mundo pelo sobrinho. E você amava aquelas duas crianças. Também eu, contra a ordem natural das coisas, amo uma mulher. Serão estes os limites do amor? Amar demasiado? A Deus em vez de um filho. A um sobrinho, a uma mulher tanto que a queremos só para nós, a dois rapazinhos, a uma mulher igual a mim? Será isto o que define o amor? Não sei.

Candeeira, 30 de setembro de 2004

Outubro

Sexta, 1

Não há de chover para sempre.

Sábado, 2

Sei que me dirão que minto. Que não há carne que se altere, corpo que se modifique por causa da solidão. Que ela só dói no fundo do nosso sangue se vier carregada de tristeza. Eu não estou triste – antes resignado. A Susana vai morrer e eu já aprendi a viver com isso. A Matilde vai nascer, por momentos esquecerei o que impôs de morte à mãe que ainda a carrega. O André cresce, deambulam sorrisos pela casa dos meus pais quando, à noite, os vou acompanhando mais no jantar.
    A solidão traz enjoo. Físico, doloroso, incomodativo. Entre mim e estas palavras a cadeira onde me sento e um pêndulo a dinamitar--me as entranhas. Uma explosão lenta. Uma questão de estômago, esófago, o sabor de quem no hospital falece a chegar-me à boca.

Domingo, 3

– Gostava de ter uma quinta, um dia.
 a nossa vida marcada pelos projetos que arquitetávamos. A nossa velhice teve netos e crianças, filhos dos filhos que não veremos crescer. A nossa velhice foi o regaço de um na cabeça cansada do outro. Acrescentávamos caminhos à nossa idade. Foi o amor delimitado pela memória das coisas que atravessámos juntos. Foi o nascimento do André, os seus primeiros passos tão lindos, o infantário, a escola, os amigos, as birras, uma irmã. Foi o nascimento da Matilde e quatro mãos a segurá-la, felizes, junto ao teu peito. Os meus ciúmes por já teres alguém a quem dizer
 – Já dar banho.
 como antes a mim
 – Porcalhoto.
 trocado como todos os pais pelo amor inevitável a quem gerámos. Foi a escola, as doenças, as melhoras, a primeira namorada de um, o primeiro rapaz que odiei, namorado da menina. E depois os casamentos, os batizados, os netos. Os netos, Susana. A parte mais nova do nosso novo mundo.
 Foi o dia em que as crianças vieram visitar com os seus pais a nossa velha quinta. A velha quinta onde vivemos a velhice que queríamos para nós. Para lá nos mudámos da rua da Castela com

o André e a Matilde ainda pequenos, lá os criámos. E lá nos visitaram. A família ao almoço de domingo. Eu e tu entregues à solidão um do outro, todos os dias. Entregues a outra coisa, que eu sei agora que a solidão não é a felicidade de dois velhos na quinta que sonhaste um dia.

Segunda, 4

Temos muitas fotografias juntos. Há fotografias do mar, da areia, dos meus calções cinzentos ou do colchão de ar, eu interrompendo as ondas com os braços –, mais ainda do dia que todos os dias são. Agora guarda-se o quotidiano, o aparador novo, branco, que chegou impoluto, ou o avental azul com que protegemos a roupa dos salpicos do óleo – as fotografias já não são, neste início de século, dos momentos especiais: os momentos especiais são os dias em que o mais usual e rotineiro é lembrado.

Há uma que lembro mais do que todas as outras – encostada ao granito da casa onde servimos a boda, vestida de noiva, o penteado como nunca de tão arranjado. Trago-a no caderno onde estão estas frases diárias, como aquilo que agora é meu – a lista do supermercado (ainda há listas de supermercado). E olho-a, lembrando – o nosso casamento, idílico, para sempre.

Mas essa foto é só uma memória distante. A Susana, inapelavelmente, morrerá. E não terá uma fotografia em que surge grávida, junto à piscina, para oferecer ao novo filho, como num agosto de há anos.

Não me coíbo, crio memória – mesmo que dura, poderá a Matilde dizer que fiz mal, eu entenderei. Aceite a perda, pego na máquina que me ofereceu o Fernando no Natal passado. Entro no quarto do hospital, cerro as cortinas e a porta e, como um ladrão, roubo em cada disparo os restos de alma que ela ainda pode ter.

# Quarta, 6

O menino chora. A minha mãe ainda não o veio buscar. São pouco mais de oito horas. O dia acabou quente, céu de trovoada e relâmpagos a ampararem as nuvens como estacas, como amava eu dias assim. Eles continuarão. A ausência anunciada há muito que se nota, as rotinas estão estabelecidas, virá mais um bebé para a família quebrada.

O menino olha-me na cadeira. Vou levá-lo para baixo, jantar com os meus pais, deixá-lo para o seu sono justo. Subo. Serão meses de solidão. Mas escrevo. Escreve, Francisco – dias virão em que as duas crianças irão encher estas divisões.

Quinta, 7

E disse
 – Será operada amanhã
 não, disse eu. Quando ontem se aproximou de mim o médico
– meses sem lhe falar ou sem o ouvir, sempre que chegava era para muito de cima do seu de Vasconcelos
 – Não está fácil.
 era para
 – Vamos ver.
 era para
 – Não há muito a fazer.
 nunca um
 – Mas
 e algo que trouxesse novamente a esperança – eu disse
 – Não.
 e não foi operada hoje. Eu percebo a morte, a necessidade de ser pai e mãe do André e da Matilde, a sua presença apenas sobre o mármore do cemitério com a cruz ao alto para afugentar os pardais. Mas não agora. Trata-se tão-só de adiar uns dias o inevitável
 – Francisco, importa-se de ficar viúvo? Dava jeito.
 porque eu já estou viúvo desde maio, sei-o agora, o dia em que envelheci a minha vida inteira.

Ela cumprirá ainda o seu último aniversário, dentro de dias, mesmo que o não saiba cumprido. Para se celebrar de seguida o primeiro choro da menina – mesmo que pela morte da mãe, assim os pulmões se abram.

Sexta, 8

Tem estado calor, o verão de S. Martinho adiantado um mês para se despedir. Dizem-me que a cesariana traz imponderáveis. Ela está há demasiado tempo a antibióticos, e ninguém sabe o que poderá acontecer quando o bisturi cortar o primeiro pedaço de pele
— Notar-se-á a cicatriz, se não for de parto natural.
lembro.
Nos próximos dias, com o fim na curva da estrada, pouco importa a cicatriz, poder-se-ia pensar. Mas quando a morte acontecer, que pelo menos possa uma última vaidade, no aconchego dos folhos brancos da urna.
Peguei-lhe nas mãos. Primeiro a direita, depois a esquerda. Em cada um delas, peguei-lhe nos dedos, um a um. Levei de casa o verniz, pensava
— Com esta roupa, esta cor.
e estive como a esteticista a falar da vizinha do terceiro esquerdo, do cantor que perdeu a filha mas ganhou uma amante, dos segredos nas novelas e da definição do amor. Pintei-lhe as unhas. Quero-a bonita, unhas rentes ao sabugo, para não partirem se arranhar o caixão.

Sábado, 9

Troveja. É o estertor do verão, partindo a lamentar-se em pingos grossos de chuva sobre a terra da bouça, em frente a casa. As folhas das mimosas não aguentam o peso de cada gota, balouçam, deprimem-se. Mas, porque o pecíolo as faz fortes, levantam-se novamente como um pêndulo, esperando novas investidas do sol, atrás das nuvens carregadas de lamentos. Levanto-me, fortaleço, sou folha de mimosa que não só bateu no chão como nele se enterrou durante os últimos meses. Agora é altura de enterrar quem me pesou o verde.

Subi a casa do Fernando ainda não chovia mas já o calor era o mesmo do fim da tarde. Nos de trovoada não há surpresas – o sol nasce apenas para inundar as nuvens de laranja, nos montes que ombreiam a Vila, sobre a própria Vila onde olhámos há tantos anos a azáfama de quem corre para lado nenhum. Sentados nesta varanda, virada ao cemitério. Mas também aos prédios que se foram erigindo e, como malfeitores, tapando até o relógio da Câmara – que, se nunca deu horas certas, dá pelo menos conta da existência de alguém que nos rege do cimo da sua grande pequena torre. E é lá, sentados na varanda que falamos

– Troveja.
– Como sempre todos os anos por esta altura.

— Às vezes mais perto do fim do mês.
— Lembras-te?
— Da carga de água que caiu na véspera do dia de todos os santos?
— Não houve velas que sobrevivessem para essa noite.
— Mas o céu ficou limpo, depois.
— Mas sem as pequenas chamas que marcam o coração dos mortos.
— Tu trazes cada coisa na cabeça, Francisco.
— Este ano o dia de todos os santos levará o seu nome próprio – dos fiéis defuntos.
— Eu não digo?
— Ela sempre foi fiel.
— Ela amava-te muito, Chico.
— Eu sei. E ainda tinha tanto para me dar.
— Nunca te esqueças disso: ela amava-te muito.
— Eu sei. E eu ainda a amo.
— Acenderemos os dois uma vela.

porque os fiéis defuntos, Fernando, são aqueles que antecederam todos os santos. E se troveja hoje, ambos sabemos que, se a noite deixar, veremos uma alma a tremelicar a luz nas velas, ainda antes que elas sejam tragadas para sempre pelo fim que o pavio inexoravelmente impõe.

Domingo, 10

Não está previsto que dure muito mais. Mas fará segunda-feira anos, porque não permitir que se cumpram os doze meses que darão propriedade à lápide?

Sempre me doeu perceber que alguém morrera antes de completar a idade com que a eternidade o deixou. As contas fazem-se em anos, nascido em mil novecentos e cinquenta e um, morto em mil novecentos e noventa e quatro, são quarenta e três anos certos. Quem quer saber se nasceu em novembro e morreu em fevereiro e os quarenta e três são apenas um pouco mais do que quarenta e dois? Eu já lhe aceitei a morte – é altura. Mas não aceito que o equívoco seja perene e me faça, dia sim, dia sim, em cada visita ao cemitério, perceber que não morreu depois do dia em que a conta se faz certa.

Amanhã serão trinta e três anos de vida, os de Cristo, eu sei. E se não expiar os pecados do Homem, que expie pelo menos os meus. Que carregue a cruz onde tem vindo a penar, a memória do cilindro azul, a respiração assistida que nunca será a minha – respirarei por ti, pelo menino, pela menina, pelo encontro junto à campa, eles pequenos e a olharem a mãe, sempre bela na fotografia que escolhi.

Celebrar-se-á amanhã mais um ano de vida. Tenha tudo de bom, do que a vida contém, tenha muita saúde e amigos também.

No dia de festa cantam as nossas almas. Nesta data querida, muitos anos de vida. Serão dias – os que a saúde que já não tem permitir para terminar a incubação que a prolonga.

Apagarei eu as velas antes, respirando-te. É altura de escrever que te amo amo amo sem a dor fechada no pretérito imperfeito que a morte obriga.

Segunda, 11

Nascera pelas dez horas e cinquenta e três minutos da manhã. Não que a mãe se lembre
— Estas estrias são tuas, sabes?
a Isabel mais preocupada com o que ganhou o seu corpo com a maternidade do que o que recebeu a sua vida. Mas estava lá a avó, ao lado, a ajuizar as horas e, essa sim, olhou para o relógio, repetiu a dona Carlota durante anos
— Nasceste às dez horas e cinquenta e três minutos, minha querida.
— Nasceu às dez horas e cinquenta e três minutos, a menina.
nunca deixou de ser a menina da dona Carlota, mesmo quando se tornou mulher.
E eu lá, a ver o cilindro azul e o seu corpo inchado. Uma barriga enorme, criadora do Céu e da Terra, e pele e osso e pouco mais nas pernas, nos braços, seios mirrados, para o André houve pouco leite, para a Matilde não haverá nenhum. A cara mais cadáver do que vida. O sangue existe ainda e circula — as emoções nenhumas, há meses e meses.
E eu lá e um bolo. A enfermeira Cristina e os parabéns de sorriso amarelo. E o Fernando, de repente
— Estou aqui para ti.

olhando-me e olhando-nos.

Houve um bolo, muitos anos de vida e o choro da mentira. Houve as velas mas ninguém parecia respirar para as soprar. Peguei nelas, pu-las perto do cilindro azul e o ar saiu, respirado da Susana – muitos anos de vida.

A cera da vela que caiu entre as clavículas e o cimo do esterno, no Bósforo, como lhe chamávamos desde que víramos aquele filme, essa cera não provocou qualquer reação no teu corpo – apenas o cheiro a queimado no meu, a tua pele a ser marcada para o abate. Queimou-lhe o Bósforo, secando o estreito entre o mar Negro e o de Mármara, tornando negro o futuro, apagada a luz que lhe dá vida. A secura dos teus lábios, Susana. É altura de dizer

– Muitas horas de vida.

Terça, 12

Querida Susana,

Passaram cinco meses. Aqui estou.
Aceite a perda, trouxe o menino para cima.
E digo-to serenamente: ele já dorme, embalado pelo silêncio.

Por hoje é tudo.

Quarta, 13

O Tucho ainda espera. Atrás do muro castanho que delimita a bouça, já não brinca. Olha, apenas, o vazio de onde surgias. Ainda espera. Que a morte esmoreça e se apague. E que possa, finalmente, enterrar o osso que se esconde a seus pés.

Hoje

[Enviada em: sexta, 15-10-2004 16h35m]

De: Sophie [sophiedeluy@yahoo.com]
Para: Rita [ritaantunescosta@gmail.com]

Rita,
Ligaram-me. Tentaram ligar-te mas não conseguiram. Mandei-te um SMS. Espero que vejas o e-mail.
Ainda estás com o Fernando a ver as coisas para o funeral? Avisa-o que a sua filha morreu. O Francisco foi hoje internado na ala psiquiátrica do S. João, onde viu morrer a Matilde numa incubadora. Aguentou a morte da Susana mas não aguentou a morte da menina, no dia seguinte. Talvez assim o Fernando perceba, finalmente, qual a verdadeira definição do amor.
Bj
Sophie

A definição do amor

Dantes escrevia poemas de amor.

Depois disseram-me já toda a gente o fez,
nada mais havia a escrever sobre o amor,
o amor já estava em demasiados poemas.

Eu aceitei o conselho
passei a escrever poemas de morte.

Até ao dia em que percebi
a morte é sinónimo do amor.
E voltei a escrever o que nada mais havia a dizer.

[Vou para casa esquecer que parti.]

Sigur Rós, *Fjögur Píanó*

Agradecimentos
Ana Reis Sá, Ana Cristina Oliveira, Antonio Carlos Secchin, Élia Ferreira, Eucanaã Ferraz, Graça Matias Ferraz, Ibraíma Dafonte Tavares, João Pereira Coutinho, Luciana Villas-Boas, Manuel S. Fonseca, Mariana Novais Veiga, Melissa Fontoura, Rui Gomes Araújo, Tânia Raposo.

A epígrafe foi escrita por Bob Geldof e cantada por Tori Amos.

Ofereço este livro à memória dos que foram e são a rua da Castela.

Rua da Centieira, 14 de janeiro de 2015

Este livro, composto com tipografia Electra LT Std
e diagramado pela Alaúde Editorial Limitada, foi impresso
em papel Lux Cream 70 gramas, pela Bartira Gráfica,
no quadragésimo ano da publicação de *Poema sujo*,
de Ferreira Gullar. São Paulo, junho de dois mil e dezesseis.